आनंद हर्षुल

23 जनवरी, 1959 को छत्तीसढ़ के एक गाँव बगिया, रायगढ़ में जन्म। क़ानून तथा पत्रकारिता में स्तानक।

उनका पहला कहानी-संग्रह—'बैठे हुए हाथी के भीतर लड़का' 1997 में प्रकाशित हुआ। उसके बाद 'पृथ्वी को चंद्रमा' 2003, 'अधखाया फल' 2009 तथा 'रेगिस्तान में झील' 2014 में जो उनकी कहानियों का चौथा संग्रह है—जिसमें उनकी प्रारम्भ से 2001 तक की कहानियाँ संकलित हैं। पहला उपन्यास 'चिड़िया बहनों का भाई' 2017 में प्रकाशित।

'बैठे हुए हाथी के भीतर लड़का' के लिए मध्य प्रदेश साहित्य परिषद के 'सुभद्रा कुमारी चौहान पुरस्कार' (1997); 'पृथ्वी को चन्द्रमा' के लिए 'विजय वर्मा अखिल भारतीय कथा सम्मान' (2003) एवं समग्र लेखन के लिए 'वनमाली कथा सम्मान' (2014) से सम्मानित।

कहानियों का विभिन्न भाषाओं में अनुवाद।

ई-मेल : anand_harshul@yahoo.co.in

अधखाया फल

आनंद हर्षुल

राजकमल पेपरबैक्स

पहला पुस्तकालय संस्करण
राजकमल प्रकाशन प्राइवेट लिमिटेड द्वारा
2009 में प्रकाशित

राजकमल पेपरबैक्स में
पहला संस्करण : 2022

राजकमल पेपरबैक्स : उत्कृष्ट साहित्य के जनसुलभ संस्करण

राजकमल प्रकाशन प्रा.लि.
1-बी, नेताजी सुभाष मार्ग, दरियागंज
नई दिल्ली-110 002
द्वारा प्रकाशित

शाखाएँ : अशोक राजपथ, साइंस कॉलेज के सामने, पटना-800 006
पहली मंजिल, दरबारी बिल्डिंग, महात्मा गांधी मार्ग, प्रयागराज-211 001
36 ए, शेक्सपियर सरणी, कोलकाता-700 017

वेबसाइट : www.rajkamalprakashan.com
ई-मेल : info@rajkamalprakashan.com

बी.के. ऑफसेट
नवीन शाहदरा, दिल्ली-110 032
द्वारा मुद्रित

मूल्य : ₹ 199

ADHKHAYA FAL
Stories by Anand Harshul

ISBN : 978-93-94902-67-1

छोटी बहन सीमा को
कि जिसके मन में हम लोगों के लिए
एक कोना अब भी बचा हुआ है—बीते दिनों का।

और चार्वी, उर्वी, अनु, अवनी, सौरिश, पलाश, प्रणय जैसे नन्हों को
कि उनके मन के सभी कोने बचे रहें हमेशा—एक-दूसरे के लिए।

अनुक्रम

यह दुर्गन्ध जो है

उस कमरे से, अभी-अभी खखारने की तेज आवाज और उसके कुछ क्षण बाद—थोड़ी धीमी थूकने की, और फिर कराहने की आवाज बाहर आई है। वह कमरा घर से छिटका हुआ है—अलग-थलग। इस तरह कि घर के पीछे आँगन है और आँगन के दाहिनी ओर संडास है और बाईं ओर वह कमरा है। कमरे और संडास के बीच मुनगे का पेड़ है—पुराना। मुनगे का पेड़, घर को देखता खड़ा है—कमरे और संडास के साथ, जैसे अगल-बगल दो बच्चों को लेकर, एक आदमी खड़ा हो—घर के भीतर घुसने के इन्तजार में और घर के भीतर घुसना मना हो। मुनगा फूलता है तो बच्चों के सिर पर, मुनगे के सफेद फूल खिलते हैं—इतने अधिक सफेद फूल कि संडास और उस कमरे की खपरैली-छत, सफेद होते-होते बचती है। और जब सफेद फूल, सूखने लगते हैं तो खपरैल पर पीले धब्बे उगते हैं—नए गिरे सफेद फूलों पर। पीले फूल धीरे-धीरे काले होते हैं और सफेद और पीले फूलों के नीचे पड़े-पड़े नष्ट हो जाते हैं, पर उनका नष्ट होना पीले और सफेद फूलों के नीचे दबा रहता है—दिखता नहीं है।

खखारने और थूकने और कराहने की जो आवाजें, अभी-अभी बाहर आई हैं—वे रामशरण जी की आवाजें हैं, जो उस कमरे से आँगन को फलाँगते यहाँ, घर तक आ रही हैं—बार-बार और थोड़ी-थोड़ी देर में। आँगन को ध्यान से देखो—उस पर रामशरण जी की आवाजों के घिसटने के निशान हैं। घर, अगर आँगन की ओर खुलनेवाला दरवाजा बन्द कर दे और बन्द कर दे यह अकेली खिड़की, जिससे बाहर जाए बिना आँगन दिखता है तो भी घर के भीतर घुसने के लिए, रामशरण जी की आवाजें—सरंध्र ढूँढ ही लेती हैं। वे भीतर घुसती हैं और घुसते ही पूरे घर में तेजी से फैलती हैं—एक कमरे से दूसरे कमरे तक। घर की हर वस्तु को उनकी बीमार आवाजें छूती हैं। रामशरण जी के बेटे को लगता है कि ठीक उसकी बगल में, उसके पिता खखारकर थूक रहे हैं...कराह रहे हैं...बेटा दिन में कई बार चौंकता है कि थूक उसके ऊपर गिरा, कि कराह गिरी...किसी

चीज को छुओ तो लगता है कि पिता की बीमार आवाज को छू रहा हो। रामशरण जी की बहू घर में रबड़ की चप्पल पहनकर घूमती है कि पैर, ससुर की कफभरी थूक से लिथड़ न जाए—लिथड़ न जाए ससुर की कराहों से...बहू, दिन में कई बार अपने पैरों को धोती है। कितना भी बचो—ससुर के थूक के छींटे तो पैरों पर पड़ ही जाते हैं...

इस कमरे से—इस घर के बीच की दूरी, बड़ा-सा आँगन है, फिर भी बेटे और बहू दोनों को लगता है कि घर की हर वस्तु, हर दीवार, हर छत और सारा फर्श—रामशरण जी की बीमार आवाजों में डूबा हुआ है। सिर्फ आवाजें होतीं तो भी ठीक थीं—आवाजों की दुर्गन्ध भी है। और यह दुर्गन्ध घर के हर कोने में बैठी हुई है। बिना कोनों का कोई घर नहीं होता है। पहली बार बेटे और बहू ने ठीक-ठाक जाना है कि एक घर में, छत से लेकर फर्श तक कितने कोने होते हैं।

इस कमरे से, रामशरण जी को बाहर का बहुत ज़्यादा दिखता नहीं है। सिर्फ सीधे पड़े रहना है, पास, अपनी ताकत पर करवट भी नहीं है तो सीध में जितना दिखे, उतना दिखता है। सिर हिला लेते हैं तो थोड़ा-बहुत आजू-बाजू—दीवारों का दिखना है। और बिल्कुल आखिर तक सिर को दाएँ या बाएँ मोड़ लेते हैं तो पलँग से दूर, दीवार से जुड़े फर्श को भी वे देख लेते हैं।

इस कमरे की छोटी-सी खिड़की—जिसमें लोहे की तीन मोटी छड़ें लगी हैं, उनके देखने की सीध में है। खिड़की से मुनगे का तना दिखता है—साँवला-सा मटमैला। इस दिखने में लोहे की तीन छड़ें घुली रहती हैं—अपने ठंडे लोहेपन के साथ। मुनगे की पत्तियाँ नहीं दिखती हैं। पत्तियों की सरसराहट भी नहीं दिखती है। (मुनगे के पेड़ में, पीपल के पेड़ की तरह, सरसराहट होती भी नहीं है।) मुनगे की पत्तियाँ हिलती हैं तो झरते फूलों में बोलती हैं और रामशरण जी मुनगे की चुप सरसराहट को सुनते रहते हैं। वे पत्तियों और फूलों का झरना सुनते हैं कि जैसे अपनी देह के झरते जाने को भूलने की कोशिश कर रहे हों। कमरे के अलावा, बाहर का दिखना और बाहर का भीतर होना, इतना कम है कि दिन का समय इतना लम्बा होता है कि पार करो और करते रहो और पार नहीं होता है। नींद में गिरो तो समय नींद में गिरकर ही खत्म होता है। रामशरण जी दिन में भी कई बार नींद में गिरते हैं—कभी दवा तो कभी देह उन्हें नींद में गिराती है। नींद में गिरे रामशरण जी—सबसे अच्छे समय में गिरे हुए होते हैं।

रामशरण जी की उम्र, इस बरस की सर्दियों में उनहत्तर की हो जाएगी। अभी लेटे हैं तो उनके कद का अन्दाज नहीं लग रहा है। कमर से लटकी कैथेडर की थैली—और पलँग के नीचे पड़े बेडपान के कारण स्थिति दयनीय लग रही है, पर अगर वे अभी उठकर खड़े हो जाएँ तो छह फीट तीन इंच का अपना पुराना और ऊँचा कद बनाए रखेंगे। उनका कद, उनके और आसपास के मोहल्ले में किसी के पास नहीं है। बिस्तर पर गिरने से पहले तक उनकी कमर झुकी नहीं थी। बुढ़ापे में कमर ही कद को खाती है पर उनके कद को बीमारी खा रही है। चेहरा धँसा हुआ है—हफ्तों की सफेद दाढ़ी के नीचे, वह धीरे-धीरे और कम होता जा रहा है। चादर के नीचे चड्डी और बंडी पहनी उनकी देह में, पीठ और कमर—बिस्तर के घावों की पीड़ा से भरी हुई हैं और देह भी इतनी कम हो चुकी है कि किसी दिन गायब हो जाए तो आश्चर्य न हो। सबसे बेचैन उनकी आँखें हैं कि बहुत देखना चाहती हैं, और देखने को बहुत कम है। पड़े-पड़े रामशरण जी यह अन्दाज नहीं लगा सकते हैं कि उनके छह फीट तीन इंच कद को उनकी बीमारी खा रही है और वे अपना कद बहुत तेजी से खोते जा रहे हैं—महीने में एक इंच तो किसी-किसी माह डेढ़-दो इंच भी।

रामशरण जी मुनगे के तने से दूर देखते हैं तो तने के पीछे छिपा-छिपा-सा संडास का दरवाजा दिखता है। वे बहू-बेटे को संडास आते-जाते देखते हैं। ठीक-ठीक नहीं देख पाते तो सुनते हैं। सुनते इसलिए कि संडास के दरवाज़े का टीन इतनी जोर से बोलता है कि पूरा आसपास सुनता है और चौंकता नहीं है कि सुनते-सुनते आदी हो गया है। रामशरण जी चौंकते हैं। पहले नहीं चौंकते थे, जब से इस कमरे में हैं तो संडास का दरवाज़ा ही दिखता है तो उसकी आवाज भी दिखती है तो चौंकते हैं। (बेटे के समय में, घर धीरे-धीरे बदलता गया है, पर संडास और उसका दरवाजा पुराना ही है। बेटे ने घर वहाँ-वहाँ बदला है, जहाँ-जहाँ वह लोगों के दिखने में आता है। संडास लोगों के दिखने में नहीं है। यह कमरा भी जिसमें वे पड़े हैं—लोगों के दिखने में नहीं है।)

इस कमरे से रामशरण जी को घर नहीं दिखता है—जो अब ठीक-ठीक बेटे-बहू का है और ठीक-ठीक उनका नहीं है। इस कमरे का दरवाज़ा, उनके पैरों की ओर है, दरवाजा इधर लौट आता उनके सिर की ओर तो घर दिखता जरूर। रामशरण जी महीनों पहले देखे घर को अपने मन में देखते हैं कि कैसे पुरानी चीज़ें वहाँ से हटती गई थीं और नई चीज़ें उनकी जगहों पर बैठती गई थीं। घर इस तरह सजा कि दीवारों और छतों में नया प्लास्टर और प्लास्टिक पेंट हुआ। फर्श का काला और सस्ता पत्थर—संगमरमर के पत्थर में बदल गया। सबकुछ बेटे ने

किया तो पिता को अच्छा लगा। घर को आगे बढ़ाता लायक पुत्र। पुत्र की योग्यता पर आश्चर्य भी था कि उसकी नौकरी के भीतर कौन-सा जादू है जो रामशरण जी की नौकरी के भीतर सेवानिवृत्ति तक नहीं रहा है। उनके पास सिर्फ ईमानदारी की भव्यता रही है जो सेवानिवृत्ति तक आते-आते लाचारी में बदल गई थी। पर उन्होंने बेटे के जादू को कुरेदा नहीं। कुरेदने की इच्छा ही मन में नहीं हुई। सन्देह के साथ-साथ, कुछ अच्छा-सा लगता रहा। और नई चीज़ें घर में आती रहीं और पुरानी चीज़ें, आँगन पार कर, इस कमरे में गिरती रहीं—जिसमें अभी वे हैं। दो बरसों में घर इतना बदला कि यह कमरा पुरानी चीज़ों से भर गया। इस कमरे में कोई नहीं आता था। रामशरण जी संडास जाते-जाते, कभी-कभी, इस कमरे के दरवाज़े को देख लेते तो भीतर यह इच्छा जागती कि दरवाज़े को खोलकर देखें कि कोई काम की चीज़ फालतू समझकर, इन लोगों ने वहाँ फेंक तो नहीं दी है। वे सोचते तो मन-ही-मन कमरे में फेंक दी गई चीज़ों का अन्दाज़ लगाते--उनके पिता की आरामकुर्सी (जिसके हत्थे टूट चुके थे), माँ का पीकदान (जिसमें पान के दाग थे), पुराना रेडियो (जो पुराने समय में अब भी बज सकता था), टीन की पेटियाँ (जिनमें अब भी डामर गोलियों की गन्ध थी और उनकी माँ के ब्याह के कपड़ों के रंग थे—कुछ तिलचट्टों के साथ), पिता की वैद्यकी की पुस्तकें (जिसमें से मोहल्ले के गरीबों का इलाज होता था), रेगज़ीन का एक पीले रंग का सोफा (जो अपने एक साहब के यहाँ से रामशरण जी ने खरीदा था, जिसमें साहब के भारी शरीर के निशान हमेशा बनते रहे थे और वह उस निशान से ही फटा था।), पशु को चारा देने के दो बर्तन और दूध रखने का एक बड़ा डिब्बा (जो परिवार में कभी गाय-भैंस पाले जाने की स्मृति थे।)...

इस तरह वस्तुओं की एक लम्बी सूची रामशरण जी अब भी तैयार करते रहते हैं। पर वे चीजें थीं और अब नहीं हैं...बस, इन चीजों के निशान हैं... रामशरण जी चीज़ों के निशानों से चीजों को पहचानने की कोशिश करते हैं... मन में रची जा रही सूची में चीजों के निशान हैं। कठिन काम है, पर इस काम में लगे रहते हैं तो देह की पीड़ा और समय को भूल जाते हैं। अब रामशरण जी निशानों से बहुत-सी चीजों को पहचानने लगे हैं। दीवारों में टँगी हुई चीजों के निशान हैं तो फर्श पर रखी हुई चीजों के निशान हैं—जो लम्बे समय तक टँगे और रखे होने के कारण चीजें अपने जाने के बाद छोड़ गई हैं। यह ऐसे निशान हैं जो दीवारों पर चूने की पोताई के बाद भी बने हुए हैं और फर्श पर लगते पोछों पर नहीं पुछ रहे हैं। इन निशानों के कारण कभी-कभी रामशरण जी को पड़े-पड़े यह भ्रम होता है कि बहुत-सी वस्तुओं के बीच वे पड़े हैं...कभी-कभी

उन्हें निशानों से चीजों की गन्ध भी आती है...

बरसों पहले यह कमरा था बस—वह घर नहीं था। इस कमरे के साथ यह मुनगे का पेड़ और वह संडास था, बस। रामशरण जी के पिता इसी कमरे में पैदा हुए थे। उनके दादा उत्तर प्रदेश के एक छोटे से गाँव से काम खोजते-खोजते यहाँ आए थे—इस छोटे शहर में जो उस समय और अधिक छोटा था, इसलिए आसान था। तो रामशरण जी के दादा को इस कमरे ने छत दिया और कमरे के बाजू में उन्होंने मुनगे का पेड़ रोपा। शायद इसलिए कि मुनगे का पेड़, पेड़ तो था ही सब्जी भी था। दादा को मुनगा बहुत पसन्द था। दादा मेहनती थे। ठेला ढकेलते पूरा शहर घूमते—आलू-प्याज बेचते। उनकी मेहनत ने वह जगह दी कि वे इस कमरे को खरीद सकें और इसके सामने की जमीन को—जिसमें वह घर है। उस घर को रामशरण जी के पिता ने बनवाया था—अपने पी.एफ. से 'लोन' लेकर और जिसे बिना किसी 'लोन' उनके बेटे ने चमकाया है। रामशरण जी का समय ही खाली गया है। घर की दीवारों के लिए वे कुछ नहीं कर पाए—हर साल सस्ती पोताई के अलावा। रामशरण जी अपने बेटे के भविष्य को रँगते रहे हैं तो सारा पैसा उसी रंग को खरीदने में चुकता रहा है, क्योंकि उनके पास ईमानदारी की भव्यता रही है—जिसमें कभी इतना नहीं बचा कि घर के लिए अच्छे और महँगे रंग खरीद सकें।

फिर दो पीढ़ियों के बीच, इतना बदलाव आया, कि जो चीजें उनके बचपन में विलासिता थीं—उनके बच्चों के बचपन की वे जरूरतें बन गईं। उनके बच्चे, अपने असन्तोष में बहुत आगे बढ़ते गए और रामशरण जी ने अपने को पीछे अकेला खड़ा पाया—अपनी ईमानदारी की भव्यता के साथ। यह भव्यता उनके पिता के पास भी रही, जिन्होंने दादा के आलू-प्याज के धन्धे को नहीं सँभाला और उनका ठेला घर के आँगन में रखा-रखा सड़ गया। उनके पिता, अपने पिता की स्मृति को बेचना नहीं चाहते थे। जब दादा की स्मृति सड़ने लगी तो उसकी लकड़ी के ताप से घर में कुछ दिनों तक खाना बना और उसके पहिए बच्चों के साथ खेलने लगे। रामशरण जी के पिता बारहवीं तक पढ़े तो कचहरी में बाबू हो गए। रामशरण जी भी अपने पिता के बराबर ही पढ़ पाए और पिता के नौकरी करते-करते मर जाने के कारण अनुकम्पा से बाबू हो गए। वे नौकरी में बाबू की जिस कुर्सी पर बैठते रहे—वह ठीक-ठीक उनके पिता की कुर्सी नहीं थी, पर आज तक उन्हें लगता है कि वे कचहरी में पिता की कुर्सी पर ही बैठते थे।

अपने लड़के को लेकर रामशरण जी यहाँ पड़े-पड़े यही सोचते रहते हैं कि वह भी ईमानदार होगा और ईमानदारी उनके परिवार में इस पीढ़ी तक बची

होगी...बड़ी नौकरी है तो घर के चमकने में उसकी ईमानदारी पर सन्देह क्यों करें? उसकी ईमानदारी पर अँगुली रखना ठीक नहीं है...

रामशरण जी को इस कमरे में पड़े-पड़े कई माह हो गए हैं। सबकुछ बिस्तर पर हो रहा है—टट्टी-पेशाब। उन्होंने कभी नहीं सोचा था कि वे इतने लागर हो जाएँगे कि उनकी आधी देह मर जाएगी और बची आधी देह—आधी मरी देह के कारण मर जाएगी। वे चिल्लाते रहेंगे गन्दगी में लिपटे, पर उनकी आवाज उनकी देह को इस तरह नहीं छोड़ेगी कि आँगन को पार कर घर तक साफ-साफ पहुँच सके। वे बोलते कुछ हैं और शब्द, कुछ और बनकर निकलते हैं—विचित्र आवाज, जिसमें शब्द लगातार टूटते और बिखरते रहते हैं तो बाहर जो सुनाई पड़ता है—वह अजीब-सा 'गोंगों' की तरह कुछ होता है। रामशरण जी को लगता है कि उनकी 'गोंगों' को बेटे-बहू जान-बूझकर शब्द में नहीं बदलते हैं कि नहीं सुनो तो नहीं करो। नर्स या स्वीपर का समय रहता है तो उनकी 'गोंगों' तुरन्त समझ ली जाती है, पर अगर समय, स्वीपर या नर्स के होने से बाहर है तो 'गोंगों' को शब्दों में बदलना कठिन बन जाता है। स्वीपर और नर्स, बेटे और बहू के लिए हैं कि उन्हें सेवा न करनी पड़े। जब तक रामशरण जी की पत्नी रहीं—स्वीपर और नर्स दोनों नहीं रहे।

रामशरण जी की पत्नी उनकी 'गोंगों' को तुरन्त शब्दों में बदल लेती थीं कि जैसे वे 'गोंगों' नहीं, साफ शब्द हों। वे ही सबकुछ करती थीं और उनके लिए, उनके मन का रच देती थीं—वह साफ-सुथरापन, जिसके वे आदी थे। रामशरण जी को अपने मलमूत्र की गन्ध भी असह्य है, पर उनकी पत्नी कभी मुँह में कपड़ा नहीं बाँधती थीं। उन्हें अपनी पत्नी पर दया आती और आश्चर्य होता कि अगर वे बीमार पड़तीं तो वे उनके लिए यह सब कभी नहीं कर पाते। वे इस कमरे में पड़ी रहतीं और वे बेटे-बहू के बीच घर में रहते, आया-नर्स लगाते और उनकी आवाज को अनसुना करते रहते....पत्नी जब तक रहीं—वे उस घर में ही रहे। माँ के मरने के बाद बेटे को उनसे दुर्गन्ध आई।

रामशरण जी सोचते हैं कि उन्होंने अपनी पत्नी को कुछ नहीं दिया। बस, लिया ही लिया। रामशरण जी, बेटा चाहते थे और इस चाहने में चार-चार लड़कियों के पिता बन गए। पर बेटा उनके मन के भीतर था तो मन के भीतर बना रहा। बेटा नहीं होने का सारा दोष वे अपनी पत्नी पर रखते थे। उनकी पत्नी

भी लगातार सुनते-सुनते यह मान चुकी थीं कि उनकी कोख बेटे के लिए बाँझ है कि अचानक चालीस बरस की उम्र में वे गर्भवती हो गईं। डरती रहीं कि पेट में पाँचवीं लड़की है। रामशरण जी तो मान ही चुके थे कि घर में इस बार भी पाँचवीं महारानी उपस्थित होंगी। पर इस बार दोनों को धोखा देते हुए लड़का हुआ जो अपनी सबसे बड़ी बहन से उन्नीस साल छोटा था। रामशरण जी खुश हुए। इतने खुश कि उनके भीतर नाचने की इच्छा हुई—लड़के को गोद में लेकर। पर वे नाचे नहीं। उन्होंने खुशी बाहर छलकने नहीं दी। उनकी खुशी उनके भीतर ही उमड़ती-घुमड़ती रही और बहुत देर तक या कहें, बहुत दिनों तक एक अजीब-सी गुदगुदी उन्होंने अपने भीतर भरी पाई। उनकी पत्नी को कुछ समझ में नहीं आ रहा था कि लड़का देने पर भी, पति के चेहरे पर लड़के की खुशी क्यों नहीं है! वे मन-ही-मन सोचती रहीं कि पति उन पर, सन्देह तो नहीं कर रहे हैं? उन्होंने पति के साथ संसर्ग का दिन, तारीख और समय को याद कर, अपने मन में सहेज लिया। पर उनके पति ने कभी पूछा नहीं और उन्हें कहना नहीं पड़ा।

रामशरण जी की पत्नी को, संगमरमर के फर्श ने खा लिया। वे फिसलीं और सिर के बल गिरीं—इस तरह कि कभी नहीं उठीं। सुहागिन मरीं, पर रामशरण जी के हाथों चिता नहीं मिली, जैसा वे चाहती थीं और रामशरण जी से कहती थीं कि मैं तुमसे पहले मरूँगी कि तुम मुझे चिता दोगे...वे सीधे स्वर्ग जाना चाहती थीं और उन्हें यह सबसे छोटा और आसान रास्ता लगता था जो स्वर्ग पहुँचाता है। इधर वे स्वर्ग को लेकर सशंकित रहने लगी थीं—जब से रामशरण जी ने बिस्तर पकड़ा था। उन्हें डर लगा रहता कि रामशरण जी कहीं उनसे पहले न चले जाएँ... पर वे जीत गई थीं। पर उन्हें पति के हाथों चिता नहीं मिली। एक जीवित लाश को, दूसरी लाश तक स्ट्रेचर पर लादकर ले जाना, बेटे को तमाशा लगा था तो वह तमाशा नहीं हो पाया...हो सकता है, रामशरण जी मरें तो रास्ते में पत्नी से भेंट हो जाए कि वे उनका इन्तजार कर रही हों कि रामशरण जी छुएँ उन्हें तो वे स्वर्ग के भीतर जाएँ। रामशरण जी उन्हें छुएँगे तो पत्नी का उनको छूना अपने आप हो आएगा और दोनों स्वर्ग चले जाएँगे...

रामशरण जी के सिर के नीचे बँटी हुई एक चोटी दबी है। पहले वह काली थी, अब उम्र के साथ पककर सफेद हो गई है। इधर रामशरण जी को अपनी चोटी से दुर्गन्ध आने लगी है। पहले उन्हें जनेऊ से दुर्गन्ध आती थी तो एक दिन नर्स

जब स्पंज कर रही थी तो उन्होंने इशारे से जनेऊ उतरवाकर बदलवाया था और नर्स को जनेऊ पहनाने की सही दिशा इशारे से बताते हुए वे गायत्री मन्त्र बुदबुदाते रहे थे—मन-ही-मन। कुछ दिन जनेऊ, गन्ध से मुक्त रहा। इधर तीन-चार दिनों से उन्हें जनेऊ और अपनी चोटी दोनों से दुर्गन्ध आ रही है—एक जैसी। एक जैसी असहनीय। यह दुर्गन्ध क्यों है—वे पड़े-पड़े सोचते रहते हैं। कभी सुना नहीं था कि जनेऊ और चोटी दुर्गन्ध दे। रामशरण जी इनकी सुगन्ध में लिपटे रहे हैं—जीवनभर। जनेऊ और चोटी की सुगन्ध दूर-दूर तक फैली है और लोगों को उनके चरणों तक लाती रही हैं। भले ही घर ठीक-ठाक चले इसलिए उन्होंने पंडिताई पकड़ी हो, पर बाबूगीरी और पंडिताई उन्होंने साथ-साथ चलाई है और बाबूगीरी में साहबों के सामने खड़ा होना पड़ा है और पंडिताई में साहबों को उन्होंने अपने सामने खड़ा पाया है।

पर यह दुर्गन्ध...उनकी पत्नी होती तो शायद इस दुर्गन्ध से भी उन्हें मुक्त कर लेतीं या शायद वे भी न कर पातीं, क्योंकि यह दुर्गन्ध कुछ-कुछ वैसी है—जैसा बेटा होने पर पत्नी को देखकर, उनके खुशी जाहिर न करने में थी...यह दुर्गन्ध कुछ-कुछ वैसी है—जब उनकी लड़कियाँ प्यार से आकर उनसे लिपटती थीं और उनकी देह प्यार नहीं छलका पाती थी और वहाँ दुत्कार की महीन-सी दुर्गन्ध फैलती थी...यह जीवन भर चार बेटियों के बाद, पैदा बेटे के आगे-पीछे, पूरे घर के लगे होने की दुर्गन्ध है—जिसमें बेटियों का अपमान मिला हुआ है...ईमानदारी की भव्यता में एक बारीक सुराख की भी यह दुर्गन्ध है—जो एक बार एक आदमी के जबरदस्ती सौ रुपए दे जाने से बन गई थी...ईश्वर की सक्षमता पर हमेशा सन्देह होते हुए भी लोगों के सामने, उसे दुखों को दूर करने में सक्षम बनाए रखने जैसी भी यह दुर्गन्ध है...यह दुर्गन्ध कुछ-कुछ वैसी दुर्गन्ध भी है कि भयभीत हाथ उनके घर का दरवाज़ा पीट रहे थे—बरसों पहले और वे भयभीत हाथों को पहचान गए थे, पर रामशरण जी ने दरवाजा नहीं खोला था और अपनी चोटी को अँगुलियों से सहलाते रहे थे कि उनकी चोटी में उनका ईश्वर विराजता था। सुबह जब दरवाजा खुला तो एक आदमी, एक औरत और दो मासूम बच्चे खून में डूबे—ठीक उनके दरवाज़े पर पड़े थे और अचानक खून में डूबा आदमी का ठुड्डी पर दाढ़ी लिया चेहरा थोड़ा ऊपर उठा था और अजीब-सा मुस्कुराया था और रामशरण जी ने ऐसी ही दुर्गन्ध महसूस की थी...

रामशरण जी दुर्गन्ध में पूरी तरह बेचैन थे कि उन्होंने अपने कान में भन-भन की आवाज सुनी—बारीक आवाज। वह आवाज थोड़ी देर बाद फिर आई। रामशरण जी की आँखें नाचने लगीं—ऊपर-नीचे और बाएँ-दाएँ की आवाज को सुन सकें।

पर उन्हें आवाज दिखी नहीं, कुछ क्षणों में ही उनसे दूर जाते-जाते वह बन्द होने में गिर गई थी। पर थोड़ी देर बाद उन्होंने फिर अपने कान में भन-भन आवाजें सुनीं। इस बार भन-भन की दो आवाजें थीं—दाएँ कान से वह अलग आ रही थीं और बाएँ से अलग। फिर उन्होंने उसमें से एक आवाज को देख लिया। वह पीले रंग की थी—ततैया। रामशरण जी घबड़ा गए। बचपन में, उन्हें एक ततैया ने काटा था। असल में उनके बचपन ने पहली बार ततैया देखा था। उसके भूरे काँपते पंख और पीली अंडाकार देह, जिसमें धनुषाकार छोटी भूरी रेखाएँ थीं। ततैया उन्हें खूबसूरत लगी थी और वे टिड्डे की तरह उसे भी पकड़ लेना चाहते थे। पर ततैया ने उन्हें काट खाया था। और कई दिनों तक उनका बायाँ गाल फूला रहा था और उनके संगी-साथी उन्हें देखकर हँसते रहे थे। ततैया के काटे जाने में हँसी पहले दिखती है और पीड़ा बाद में। रामशरण जी ने चिल्लाना शुरू किया और सिर को जोर-जोर से हिलाना कि वे इतना ही कर सकते थे। कमरा उनके चीखने-चिल्लाने की 'गोंगों' भरी आवाजों से भर गया, पर कमरे के भीतर—घर से कोई नहीं आया। समय ऐसा था कि बेटा ऑफिस से लौटा नहीं था और बहू दोपहर के तीन बजे शुरू हुई अपनी नींद के भीतर थी जो पाँच-साढ़े पाँच बजे टूटती थी—बेटे के आने से पहले। बहू नींद से बाहर होती तो भी रामशरण जी की 'गोंगों' चीख को सुनती ही और कमरे में आती ही—ऐसा नहीं था।

ततैया, दो से तीन हुईं, फिर तीन से चार, फिर चार से पाँच...ततैया ने जैसे 'गोंगों' में छिपी निरीहता को पकड़ लिया था और अब वे झुंड की झुंड मुनगे के तने को फलाँगती—खिड़की से भीतर आ रही थीं। वे इतनी भीतर आईं कि कमरा ततैयों से भर गया—थरथराता-सा नाचता भूरा-पीला रंग। और रामशरण जी की देह ततैयों के भीतर डूब गई। उनकी कराहों में उनका होना कुछ देर तक दिखता रहा, फिर कराहें डूबती गईं और उनका होना भी उस कमरे में डूब गया।

रामशरण जी का बेटा घर की ओर आता दिख रहा था। उसने घुटने तक धोती पहन रखी थी और उसी धोती का एक छोर उसके कन्धों पर था। (धोती थी या शायद सफेद कपड़ा था।) उसने जनेऊ नहीं पहन रखा था। उसे जनेऊ पहनने की जरूरत भी नहीं थी। जनेऊ, उसकी देह पर मांस की मोटी लकीर की तरह उभरा हुआ था। चोटी बाहर नहीं थी। चोटी की जगह बस एक उभार था। उसकी चोटी भीतर थी और मस्तिष्क की शिराओं को लपेटे हुई थी। इधर, हिन्दुओं की

एक नई पीढ़ी आ रही है जो ब्राह्मण न होने पर भी देह पर जनेऊ के निशान और मस्तिष्क पर चोटी की लपेट लेकर पैदा हो रही है...और उनकी संख्या बढ़ती ही जा रही है...रामशरण जी के बेटे के पीछे ऐसे ही लोगों की भीड़ थी। बेटे सहित पूरी भीड़ के चेहरे पर किसी कूची से उदासी पोत दी गई थी। दिखने में वह एक उदास भीड़ थी, पर उदासी इतनी नपी-तुली थी कि अधिक होकर गिर भी नहीं रही थी। वह ऐसी उदासी थी कि अगर गिर पाती और बच्चे, सड़क से उठा पाते तो वह तुरन्त मुस्कुराहट या धीमी हँसी में बदल जाती।

घर का दरवाजा सूना था। लोहे की बाल्टी में पानी रखा था और पानी में नीम की एक टहनी पड़ी थी। सबसे पहले रामशरण जी का बेटा बाल्टी के पास रुका और झुका और नीम की टहनी उसके सिर से ऊपर गई और नीम ने, उसके सिर, पीठ और फिर पूरी देह को शुद्ध कर दिया। टहनी, उसने वापस बाल्टी में रखी। बाल्टी से थोड़ा-सा पानी, अपने पैरों में उलीचा कि नीम की टहनी का पानी पैरों तक पहुँचा नहीं था और इस तरह पैर भी शुद्ध हुए। इसके बाद रामशरण जी का बेटा अपने घर के भीतर घुस गया। भीड़ के प्रत्येक ने यही किया जो रामशरण के बेटे ने किया। उनमें से कुछ, घर के भीतर गए और बाकी बाहर लौट गए।

रामशरण जी के बेटे को, घर के भीतर सबसे पहले दीवार से सटी-बैठी चारों बहनें दिखीं। सबसे बड़ी बहन अब बूढ़ी हो चुकी थी, बाकी तीनों भी बुढ़ापे की ओर फिसल रही थीं। बहनों ने सिर उठाकर देखा—सबसे पहले उसके आने की आहट को और फिर, उसे और वे फफककर रोने लगीं। रामशरण जी के बेटे की इच्छा हुई कि वह बहनों के रोने पर रोए। भीतर बहुत कुछ उमड़-घुमड़ रहा था, पर रोना था कि बाहर नहीं आ रहा था।

पिता ने मरकर उसे मुक्त किया था। एक दुर्गन्ध थी जो रामशरण जी के बेटे और उसकी पत्नी को घेरे रहती थी। उस दुर्गन्ध के स्रोत पिता थे—ऐसा बेटे को लगता था और उसकी पत्नी को भी। पहले पिता घर के भीतर ही थे और भीतर ही रहते—अगर दुर्गन्ध नहीं होती। उस कमरे में नहीं भेजे जाते जो कमरा, घर में होकर भी घर का हिस्सा नहीं था। मजबूरी थी। एक दिन रामशरण जी का बेटा ऑफिस से लौटा। शाम सात का समय था। पत्नी ने घर का दरवाजा खोला तो उसे लगा कि दरवाजे के खुलते ही एक गन्ध है—बीमारी से लिथड़ी, पर ठीक-ठीक जिसे बताया न जा सके, पर जो बहुत देर तक नथुनों में ठहरी रहे तो उबकाई आए। उस गन्ध के सिरे को पकड़कर रामशरण जी का बेटा उस दिन अपने घर के भीतर घुसा तो पिता जिस तखत पर बीमार और लाचार पड़े थे—उसे वहाँ उसका छोर मिला।

रामशरण जी के बेटे ने अपनी पत्नी से पूछा जो उसके पीछे-पीछे तखत तक आ गई थी, "क्या यह गन्ध तुम्हें भी आ रही है?"

"बहुत दिनों से...पर मैं कहती तो तुम उल्टा कहते कि मौका पाते ही इसे बाबू से दुर्गन्ध आने लगी है..." पत्नी ने कहा। (बहू को, बीमारी से पहले भी ससुर से गन्ध आती थी और वह यही गन्ध थी।)

"हूँ..." बेटे ने कहा और सोचने लगा।

इस तरह रामशरण जी उसी दिन, रात दस बजे उस कमरे में भेज दिए गए। उनकी देह इतनी हलकी हो चुकी थी कि पति-पत्नी को किसी बाहरवाले की मदद, उन्हें आँगन पार ले जाने में नहीं लेनी पड़ी। उस कमरे को खाली करना ही कठिन था और उसमें समय लगा। बेटे ने बहुत दिनों बाद कोई मेहनत का काम किया तो वह पसीने से लथपथ हो गया। कमरे का सारा फालतू सामान आँगन में बिखरा पड़ा रहा। (सामान धीरे-धीरे कई महीनों में आँगन से गायब हुआ। बारिश दूर थी और सारा सामान आखिरकार कबाड़ी के पास ही जाना था...)

उस दिन—रामशरण जी को—उस कमरे में डालने के बाद ही उनके बेटे ने खाना खाया था। इस तरह कहो कि वह खाना खा सका तो ठीक होगा, क्योंकि उसे लग रहा था कि वह गन्ध रही तो वह एक कौर भी भीतर नहीं ले पाएगा।

एक-दो दिन तो ठीक रहा—गन्ध का कुछ पता नहीं चला। रामशरण जी का बेटा और बहू खुश रहे कि दुर्गन्ध अब दूर थी और आँगन पार कर, घर के भीतर नहीं आ रही थी। पर रामशरण जी को कमरे में डालने के तीसरे दिन, बेटे को अचानक गन्ध फिर महसूस हुई—एक ही समय में बेटे और बहू दोनों को एक साथ। वह रात का समय था और वे दोनों एक-दूसरे से लिपटे पड़े थे—जैसे बहुत दूर से दौड़कर आने के बाद एक-दूसरे के सहारे सुस्ता रहे हों! अचानक उनके बीच वह गन्ध आई—दुर्गन्ध, कराहों में लिपटी-सी। बेटा अपनी पत्नी की देह से छिटककर दूर हुआ। उसे लगा, जैसे यह दुर्गन्ध पत्नी की देह से ही आ रही है।

"वह फिर है..." रामशरण जी के बेटे ने घबड़ाकर कहा।

"हाँ, मुझे भी आई है..." उसकी पत्नी भी उठ बैठी थी।

रामशरण जी के बेटे ने, अपनी पत्नी के स्तनों के बीच की गहराई की ओर देखा कि वह गन्ध कहीं वहाँ तो बैठी नहीं है। उसकी इच्छा हुई कि उस गहराई में अपने नथुने ले जाए, पर उसकी हिम्मत नहीं हुई।

रामशरण जी को, उनका बेटा, घर से आँगन पार कराकर, उस कमरे तक बाहर कर चुका था। अब कमरे से बाहर कहाँ करता। उसकी इज्जत बाहर हो जाती। उसे छिः-छिः और थू-थू का डर था कि एक ही बेटा और पिता की सेवा

नहीं कर पाया। अस्पताल में भी नहीं डाल सकता था। उसमें खर्च बहुत ज़्यादा था। आजकल के अस्पताल लूट के अड्डे हैं और यह खर्च भी ऐसा था कि जिसे मृत्यु के इन्तजार के लिए करना था। फिर अस्पताल में समय देना पड़ता। घर से अस्पताल की दौड़ लगातार। न घर रहता और न अस्पताल रहता। दो-तीन दिन की बात होती तो कोई बात नहीं थी। रामशरण जी तो इसी हालत में कई महीने निकाल चुके हैं और मालूम नहीं था कि कितने महीनों और निकालनेवाले हैं। तो बेटा अस्पताल सोच ही नहीं सकता था। एक स्वीपर और एक नर्स का खर्च वह इसलिए बर्दाश्त कर रहा था कि उसकी पत्नी यह काम नहीं कर सकती थी या कहें कि करना नहीं चाहती थी। उसने साफ़-साफ़ मना किया था कि तुम्हारे पिता हैं, तुम करो। स्वीपर कभी गायब हो जाता तो बेटे को मजबूरी में बाप की टट्टी-पेशाब कराना पड़ता तो वह उसे बहुत भारी पड़ता। वह मुँह में कपड़ा बाँधकर यह सब कराता और कपड़े के भीतर उसका मुँह लगातार पिता को धिक्कारता रहता। उन कुछ मिनटों में वह गन्ध की नरक में होता था। इस नरक से बचे रहने के लिए स्वीपर और नर्स पर पैसा खर्च करना, उसे भारी नहीं पड़ रहा था।

रामशरण जी जब तक जीवित रहे—दुर्गन्ध ने बेटे और बहू को नहीं छोड़ा। वह इस तरह दोनों के बीच उपस्थित रहती जैसे कोई तीसरा उपस्थित हो। वह एक बूढ़ी दुर्गन्ध थी और उन दोनों का जीना मुश्किल कर रही थी। बहू के पेट में बच्चा था। रामशरण जी के बेटे को लगता था कि यह दुर्गन्ध, पेट का बच्चा भी पी रहा है। पैदा होगा और उसे वह गोद में लेगा तो जैसे अपने पिता की दुर्गन्ध को गोद में लेगा। बहू को लगता कि वह दुर्गन्ध को जन्मेगी। वे दोनों रोज रामशरण जी की ईश्वर से मृत्यु माँगते थे कि उन्हें कष्ट से मुक्त करें और इस तरह वे ईश्वर से, अपने और अपने होनेवाले बच्चे के लिए, दुर्गन्ध से मुक्ति माँगते थे। आज का दिन उसी मुक्ति का दिन था।

भीतर के कमरे में रामशरण के बेटे को अपनी पत्नी बैठी दिखी। उसके आसपास दो-तीन औरतें और बैठी थीं। पति की आहट से, पत्नी ने सिर उठाया तो पति-पत्नी की नजर मिली। पत्नी की नजर ने पूछा—दुर्गन्ध को जला आए...पति की नजर ने कहा—हाँ, चलो, पीछा छूटा...उदासी दोनों के चहरे पर वैसी ही बनी रही, जैसे उसे बनी रहनी थी।

तेरह दिन बाद घर से चहल-पहल चली गई। पति-पत्नी अकेले बचे। साफ़-सुथरा नया पुता घर बचा। आँगन के पार मुनगे का पेड़ बचा—बिना फूलों का कि जिस दिन रामशरण जी नहीं रहे, सारे फूल झड़ गए थे। नया पुता संडास बचा। साफ-सुथरा और दो बार पुता वह कमरा बचा। घर में रामशरण जी के कभी होने का निशान—उनके पिता की तस्वीर की बगल में लग गई उनकी तस्वीर भर में बचा था।

तस्वीरें बैठक में नहीं थीं—वे खाने के कमरे में लगी थीं, जहाँ पहले पाटे में बैठकर खाना खाया जाता था, पर अब डायनिंग टेबल है और टी. वी. है कि खाते-खाते टी. वी. देखने का बेटे और बहू को शौक है। खाते-खाते टी. वी. देखो तो खाना चबा-चबाकर आराम से खा सकते हो। रामशरण जी जब तक जीवित रहे और हाथ-पैर चलते रहे तो पाटे में बैठकर ही खाते रहे। खाने के कमरे में जो तीन तस्वीरें हैं, वे पाटे में बैठकर खानेवाली पीढ़ी की ही हैं—रामशरण जी, उनके पिता और उनके पिता के पिता। तस्वीरों को देखो तो तीनों का चेहरा एक जैसा दिखता है—तीन अलग-अलग उम्रों में एक चेहरा। रामशरण जी का बेटा जब मरेगा तो चौथी तस्वीर यहाँ आएगी तो शायद वह तीनों तस्वीरों से अलग होगी और अलग पहचान आएगी कि वह पाटे पर बैठकर खाना नहीं खाता है। उसके चेहरे पर डायनिंग टेबल और टी.वी. भी दिखेगा। (देखो कि इस परिवार की दीवारों में स्त्रियों की कहीं कोई तस्वीर नहीं है, कि जितने पुरुष मरे हैं—कम-से-कम उतनी स्त्रियाँ तो मरी ही हैं तो उनकी तस्वीरें कहाँ हैं?)

तो रामशरण जी की मृत्यु के चौदहवें दिन—उनका बेटा और बहू डायनिंग टेबल पर बैठकर खाना खा रहे थे। वह रविवार की खाली और आराम से भरी दोपहर थी। खाने में तेरहवीं का बचा भी बहुत कुछ था—बड़ा, साग और पूड़ी। गरम-गरम चावल और दाल थी। टी.वी. में एक नकली मध्यवर्गीय परिवार था। दीवार पर लगी पुरुषों की तस्वीरें—बेटे और बहू को खाना खाते देख रही थीं और प्रसन्न थीं।

खाना खाते-खाते, अचानक रामशरण जी के बेटे को उबकाई आई और वह बेसिन की ओर भागा। थोड़ी देर बाद, उसकी पत्नी भी उसके पीछे भागी-भागी आई और बेसिन में झुकी। उसने पति की उल्टी के ऊपर उल्टी की। पति अपना हाँफना सम्हालते हुए—उसकी पीठ सहलाता खड़ा रहा।

"वह फिर है..." रामशरण जी के बेटे ने कहा।

"अब कैसे हैं?" रामशरण जी की बहू ने पूछा।

"मैं क्या बताऊँ..." रामशरण जी के बेटे ने पत्नी से चिढ़कर कहा।

तो रामशरण जी की मृत्यु के चौदहवें दिन से दुर्गन्ध फिर बेटे और बहू के पीछे है–जिसे वे रामशरण जी की दुर्गन्ध मानते हैं और जो अब भी उनकी मृत्यु के बाद मौजूद है। रामशरण जी के बेटे और बहू, उस दुर्गन्ध से कहीं भाग नहीं पा रहे हैं। इस बीच सात दिनों के लिए वे पहाड़ पर गए तो दुर्गन्ध भी, उनके साथ पहाड़ चढ़ गई और वे तीसरे दिन ही पहाड़ से लौट आए...

बेटा और बहू के पास, उस दुर्गन्ध से मुक्ति जैसे नहीं है...पेट में पलते, बच्चे की भी चिन्ता है...(कहीं यह दुर्गन्ध बेटे और बहू के भीतर से तो नहीं आ रही है और वे उसका अपने भीतर से आना पकड़ नहीं पा रहे हैं...?) बहू को बच्चा होगा और एक नई पीढ़ी आएगी तो क्या वे दुर्गन्ध से मुक्त हो जाएँगे कि यह दुर्गन्ध और बढ़ जाएगी...?

कैमरे की आँख

पृथ्वी पर यह जगह ऐसी थी, जैसे छोटी-छोटी पहाड़ियों का गुच्छा हो। पहाड़ियाँ एक-दूसरे को छूते खड़ी थीं। एक पतली नदी पहाड़ियों के बीच रास्ता निकाल, टेढ़ी-मेढ़ी होकर बह रही थी। दूर से देखो तो नदी टुकड़ों में दिख रही थी। कहीं किसी पहाड़ी के पीछे गायब, तो कहीं किसी पहाड़ी के सामने—नीली चमकती-सी। पहाड़ियों पर हरा रंग बिछा था—साँवले और भूरे धब्बों के साथ। साँवले धब्बे चट्टानों के थे और भूरे धब्बे मिट्टी के। हरे धब्बों में पेड़ थे जो फल रहे थे। फल थे जो पक रहे थे। फूल थे जो खिल रहे थे। पत्तियाँ थीं जो हरी हो रही थीं। जड़ें थीं जो पहाड़ी से बस, पेड़-पौधों के हिस्से का जीवन खींच रही थीं। झोंपड़ियाँ थीं—हर पहाड़ी पर दो-तीन, उससे ज्यादा बिलकुल नहीं थीं। झोंपड़ियों के आसपास पेड़ इतने ज्यादा थे—जैसे झोंपड़ियों को घेरे खड़े हों कि जैसे झोंपड़ियों के पहरे पर हों।

इस दृश्य को देखकर मुझे लगा कि कैमरा 'लांग शॉट' में इसे ले और नदी के नीले टुकड़ों और पहाड़ियों को टटोलता—दूर दिखती आखिरी पहाड़ी की, किसी झोंपड़ी के खुले दरवाज़े में झाँके...और भीतर के अँधेरे को टटोले...और उस अँधेरे से एक बूढ़ा थका चेहरा उभरे जो एक 'पहाड़ी कोरवा' का चेहरा हो...और फिर उस चेहरे से 'इन्टरव्यू' किया जाए।

मैं इस 'डाक्यूमेन्ट्री' का लेखक था। मैं सिर्फ निर्देशक को सलाह दे सकता था। माने या न माने, यह उसका मन था। निर्देशक जीप में—मेरे ही बाजू बैठा ऊँघ रहा था। उसने इस दृश्य को नहीं देखा था—जिसे मैंने अभी-अभी देख लिया था। मुझे लगा कि उसे ऊँघ से उठाकर, इस दृश्य को दिखा दूँ। जीप आगे बढ़ गई थी और एक मोड़ पर थी तो दृश्य, अब दूसरे कोण से था, पर वैसा ही था और उतना ही सुन्दर था। अगर मैं निर्देशक को यह दृश्य दिखा दूँ तो जब मैं लिखूँगा या उसे बताऊँगा तो उसके लिए इसे पकड़ना आसान होगा—मैंने सोचा। जीप अब फिर बाएँ घूम रही थी और दृश्य के पहले कोण की ओर जा रही थी।

अभी, अगर मैं निर्देशक को उठा दूँ तो दृश्य को अपने पहले देखे कोण से मैं उसे दिखा सकता हूँ। पर मैंने अपना इरादा बदल दिया। मैं इस निर्देशक के साथ तीन फिल्में और कर चुका था। पर इधर मुझे यह लगने लगा था कि यह ऐसा निर्देशक है जो दृश्य को लिखे में ही ज्यादा अच्छे से देखता है। मैंने इस दृश्य के लिए मन में कुछ वाक्य रच डाले। निर्देशक उठेगा तो मैं इन वाक्यों को बोलूँगा...लिखे से कुछ वाक्य...और वह प्रभावित होगा...बोलने पर नहीं भी हुआ तो मैं जब उसे लिखकर दूँगा, तब वह होगा ही—मैं जानता था।

रास्ता बहुत घुमावदार और ऊबड़-खाबड़ था। रास्ता नहीं-सा ही था और पहाड़ियों का सम्मान करते, उसी तरह बह रहा था, जैसे नदी बह रही थी। रास्ते के ऊबड़-खाबड़पन में, निर्देशक और मेरे कन्धे लगातार टकरा रहे थे। निर्देशक के दूसरी ओर कैमरामैन बैठा था। उसने बहुत-सी महुआ चढ़ा रखी थी। उसकी ठुड्डी, उसकी छाती को छू रही थी कि छाती में ही धँसी जा रही थी। वह चाहता तो भी अपनी छाती से, अपनी ठुड्डी को ऊपर नहीं उठा सकता था। हमारी सीट के पीछे बहुत-सा सामान लदा था। जीप के ऊपर कैरिअर में भी ढेरों सामान था। पीछे एक जीप और थी जो टेक्नीशियनों और उनके सामान से भरी हुई थी। हमारी जीप में ड्राइवर के साथ प्रोडक्शन मैनेजर बैठा हुआ था। वह एक खुश-मिज़ाज आदमी था जो लगातार—चुटकुलों, व्यक्तिगत मजाकों और तुरन्त-व्यवस्था के अपने अद्भुत गुण के कारण—यूनिट में प्रसन्नता को बनाए रखता था। एक चिड़चिड़े निर्देशक के साथ—ऐसे प्रोडक्शन मैनेजर का होना बहुत जरूरी था, इसलिए पूरी यूनिट उसे बहुत पसन्द करती थी।

मुझे लगा कि यह दृश्य, मैं सिर्फ इस प्रोडक्शन मैनेजर को दिखा सकता हूँ। मैंने उसकी ओर, गौर से देखा तो मुझे लगा कि वह दृश्य को देखता-सा है, पर यह सन्देह भी हुआ कि वह नहीं देख रहा है।

"तुम देख रहे हो।" मैंने उसके कन्धे को छूकर कहा जो ठीक मेरे सामने था। उसकी मोटी गर्दन मुझे दिखी, जिसमें पसीने का गीलापन था। दोपहर का समय था। ऐसी दोपहर जो बादलों से कभी ढँक रही थी तो कभी बाहर आकर चमक रही थी। बादलों के बावजूद यह गर्म दोपहर थी।

"क्या?" उसने पीछे पलटते हुए पूछा। वह पीछे पलटा जरूर था, पर मुझे देख नहीं पाया। मैं उसके ठीक पीछे था और वह सिर्फ मेरे होने के आभास को देख सकता था।

"यह सब, पहाड़ियाँ...नदी...पेड़...झोंपड़ियाँ...हम ठीक यहाँ से शुरू कर सकते हैं," मैंने कहा।

प्रोडक्शन मैनेजर धीरे से दृश्य में उतरा। वह दृश्य में उलटा उतरा था। सबसे पहले उसने अन्तिम पहाड़ी और उस पर ठहरी झोंपड़ी को देखा। फिर पहाड़ियों के झुंड को टटोलते--वह नदी के नीलेपन में उतरा। फिर नीलेपन को छोड़ उसने आसमान को देखा जो अभी बादलों से ढँका हुआ था। आसमान से सीधे--वह ऊबड़-खाबड़ रास्ते पर आया और फिर जीप के भीतर खुद के पास और मुस्कुराया।

''गाड़ी रोको!'' कुछ क्षणों बाद ही प्रोडक्शन मैनेजर ने ड्राइवर से कहा।

मैं और वह जीप से नीचे उतर आए।

''आपने बिलकुल ठीक पकड़ा है...हमें यहीं कैमरा रख देना चाहिए...'' उसने कहा।

''उससे कहें?'' मैंने निर्देशक की ओर देखते हुए पूछा, जो जीप के भीतर अब भी ऊँघ की दुनिया में था।

हम जीप की ओर वापस जा ही रहे थे कि आवाज आई, ''क्यों रुक गए यार?''

यह निर्देशक की आवाज थी—थोड़ी भारी और खरखरी-सी, जो बहुत-सी आवाजों के बीच भी आसानी से पहचान में आती थी। निर्देशक अब जीप से नीचे उतर रहा था। उसके चेहरे से साफ दिख रहा था कि वह अपनी सारी ऊँघ जीप की सीट पर छोड़ आया है—कैमरामैन की बगल में।

हम तीन थे और सामने दृश्य था। मैंने और प्रोडक्शन मैनेजर ने दृश्य को अलग-अलग देखते हुए लगभग एक ही तरह देख लिया था। हम दोनों निर्देशक की ओर देख रहे थे कि वह भी दृश्य को ठीक उस तरह देखे—जैसा हमने देखा है। प्रोडक्शन मैनेजर ने सामने इशारा किया जहाँ दृश्य था। निर्देशक ने उधर देखा। मैं हड़बड़ी में था। मुझे लग रहा था कि निर्देशक अब भी दृश्य में नहीं है। मुझे लगा, वह अन्धा है।

''देखो, यह ऊबड़-खाबड़ सड़क...वह नदी...पहाड़ियाँ...पहाड़ियों को चढ़ती पगडंडियाँ...और वह अन्तिम पहाड़ी देखो...और उस पर वह अकेली झोंपड़ी... दिखा?'' मैंने निर्देशक से पूछा। दृश्य को लेकर अपने भीतर मैंने कुछ वाक्य थोड़ी देर पहले ही रचे थे जो एक लम्बे वाक्य में बाहर आए थे। मेरा हाथ अब भी ऊपर उठा हुआ था, और अँगुली दूर खड़ी अन्तिम पहाड़ी की झोंपड़ी को दिखा रही थी। जब मुझे लगा कि मेरे बोले इस लम्बे वाक्य के साथ निर्देशक ने दृश्य को देख लिया है तो मेरा हाथ अपने आप नीचे गिर गया, पर मैं अब भी झोंपड़ी को देख रहा था।

प्रोडक्शन मैनेजर यह जानते हुए मुस्कुराता खड़ा था कि मैं अपने वाक्य को नहीं बोलता तो निर्देशक दृश्य को नहीं देख सकता था। (मुझे थोड़ा मजा लेना था—मैंने जल्दबाजी कर दी थी।)

पीछे आ रही टेक्नीशियनों की जीप भी पास आकर रुक गई थी। वे जीप से उतर रहे थे। समझ गए थे कि अब काम शुरू करना है।

कुछ ही देर में कैमरा, जहाँ हम खड़े थे—हमारे साथ खड़ा था। निर्देशक कैमरे की आँख से दृश्य को देख रहा था। कैमरामैन की अब तक किसी को याद नहीं आई थी। वह अभी भी जीप के भीतर—अपनी छाती पर ठुड्डी टिकाए सो रहा था।

निर्देशक को जब कैमरामैन की याद आई तो वह बुरी तरह बमक पड़ा। उसकी चीख-चिल्लाहट, इतनी तेज थी कि कैमरामैन के नशे को—दूर होने के बावजूद भेद गई। कैमरामैन जीप से उतर रहा था—यह कहते कि चीखो मत, आ रहा हूँ...

वह एक प्रतिभावान कैमरामैन था। उसने, कैमरे में अपनी आँख रखी तो कैमरे की आँख, उसकी आँख हो गई। निर्देशक, अब उसके सामने मेरे वाक्य को दुहरा रहा था, अपने कुछ वाक्य मिलाकर कि दृश्य को इस तरह आना है, पर कैमरामैन शायद ही उसके वाक्यों को सुन रहा था। वह दृश्य में डूब चुका था। दृश्य जितना मुझे अच्छा दिखा था, उससे ज़्यादा अच्छा होकर कैमरे के भीतर आ रहा होगा—यह मैं जानता था।

•

कैमरा, अन्तिम पहाड़ी की ऊँचाई पर, उस झोंपड़ी के सामने खड़ा था जो कैमरे में पहले ही बस चुकी थी। पहाड़ी की ढलान पर, दूर, दो झोंपड़ियाँ—कुछ पेड़ों के बीच से झाँकती-सी, दिख रही थीं, जो नीचे से जब कैमरा इस पहाड़ी को देख रहा था तो नहीं दिखी थीं और अब भी कैमरे के बाहर ही थीं। यहाँ से देखो तो ढलान पर ठहरी वे दोनों झोंपड़ियाँ ऐसी दिख रही थीं, जैसे पहाड़ी को चढ़कर यहाँ तक आने की कोशिश कर रही हों।

कैमरा, झोंपड़ी के दरवाज़े को देख रहा था, जो इतना कमजोर था कि झोंपड़ी की सुरक्षा पर वह है, यह मानना कैमरे को मुश्किल लग रहा था। दरवाजे के खुलने की आहट पर, जब साँकल हिली तो कैमरे ने हिलती साँकल को पकड़ा। फिर झोंपड़ी के भीतर जाते दरवाजे के पल्लों को—उन काली अँगुलियों के साथ,

जो उन्हें भीतर खींच रही थीं। फिर खुले पल्ले से झाँकते अँधेरे को और उस अँधेरे से उभरते एक बूढ़े चेहरे को कैमरे ने पकड़ा। कैमरे के भीतर बूढ़े चेहरे का विस्तार हुआ। उसकी एक-एक बारीक रेखा उभरी। बूढ़े चेहरे की दाढ़ी पर बालों के सफेद खूँटे थे और आँख जैसे कोशिश से खुल रही थी और जितना दिख रहा है—उससे ज्यादा देखना चाह रही थी। आँखों के ऊपर सफेद होती भौंह थीं और भौंह से ऊपर तीन लकीरें थीं—गहरी। कैमरे को लगा कि उसके पास बहुत थका-सा बीमार बूढ़ा चेहरा है। चेहरे से नीचे, नंगी देह थी—सिर्फ लँगोटी में। कन्धे की हड्डियाँ उभरी हुई थीं। छाती और पेट पर भी लकीरें थीं—छाती पर उभरी और पेट पर गहरी खींची लकीरें। और बहुत कम वजन की उस बूढ़ी देह को, लँगोटी के नीचे—काली-चमकती बूढ़ी टाँगें सम्हाले हुई थी जो और भी ज्यादा कमजोर लग रही थीं।

कैमरे ने जब बूढ़े के शरीर की हर रेखा को पकड़ लिया तो वह झोंपड़ी के भीतर गया। कैमरे को, भीतर चूल्हे के पास, एक बूढ़ी स्त्री बैठी दिखी। स्त्री ने मुड़कर कैमरे को देखा। कैमरे के पीछे खड़े—अपरिचित लोगों के बीच खड़ी, स्त्री को अपना पति दिखा। वह फिर चूल्हे की ओर मुड़ गई—जैसे उसने कैमरे के साथ, लोगों के एक चित्र को देखा हो, जो उसकी झोंपड़ी में अभी-अभी टँगा हो। कैमरा स्त्री के लुगड़े के रंग से नीला हो गया, पर उस नीले में चूल्हे की आँच का रंग भी चमक रहा था। कैमरे ने बहुत ध्यान से भात की बुद-बुद को सुना। जलती लकड़ी की चट-चट से कैमरे का भीतर गूँजा। झोंपड़ी के एक-एक कोने को कैमरे ने टटोला, पर सबसे भरा हुआ कोना, कैमरे के भीतर पहले ही आ चुका था—जिसमें एक स्त्री चूल्हे के सामने बैठी भात राँध रही थी। झोंपड़ी के बाकी कोने इतने खाली थे कि वह छोटी-सी झोंपड़ी भी, उनके खालीपन के कारण बड़ी-सी लग रही थी।

अब, कैमरा झोंपड़ी के बाहर था और चटक धूप उसके भीतर भर रही थी। बूढ़ा आगे-आगे था और कैमरा उसके पीछे-पीछे (झोंपड़ी के दरवाजे पर यह सब देखती बूढ़ी स्त्री अकेली खड़ी रह गई थी—कैमरे से बाहर)। कैमरा, बूढ़े के पैरों पर—उसके खुरदुरे पर मजबूत पंजों को देख रहा था, जिसकी एड़ियाँ नंगे पाँव चलते-चलते फट चुकी थीं। कैमरा ऊपर उठा तो बूढ़े की लड़खड़ाती, कमजोर देह उसमें फिर समा गई। बूढ़े की लँगोटी के नीचे झाँकती चूतड़ में धरती पर बैठने के सफेद गट्टे बने हुए थे, जो कैमरे के भीतर बहुत देर तक उभरे रहे। कैमरा लगातार बूढ़े के पीछे लगा रहा। बस, बीच में एक-दो बार उसने बूढ़े को छोड़ा था, तो कुछ पेड़ और उन पर बने घोंसले और घोंसलों के आसपास फुदकती

चिड़ियाँ–कैमरे के भीतर आ गई थीं।

बूढ़ा, अब कैमरे के सामने खड़ा था–कैमरे को देखता। बूढ़े के साथ, आम का एक बूढ़ा पेड़ खड़ा था।

"इसके नीचे मेरा बाप है," बूढ़े ने पेड़ को तने से छूते हुए कहा। बूढ़ा भरी दुपहरी में पेड़ की छाया के नीचे था। आम के पेड़ की छाया और घनी होकर बूढ़े के ऊपर थी।

"इस पेड़ को मेरी माँ ने लगाया था–मेरे सामने कि मैं पहचान सकूँ कि मेरा बाप झोंपड़ी में हमारे साथ नहीं है, पर यहाँ है। बचपन में, माँ से दुखी होता तो मैं यहाँ आ जाता था। आम का यह पेड़, तब बहुत छोटा था...मैं उससे माँ की शिकायत करता था...फिर मेरा दूसरा बाप आ गया...फिर मैं भी बड़ा हो गया..."

कैमरे ने देखा कि आम का यह पेड़ झोंपड़ी से बहुत दूर नहीं है। कैमरा बूढ़े के साथ घूमता हुआ झोंपड़ी के पीछे, पर पहाड़ी की ढलान में कुछ नीचे पहुँच गया है।

बूढ़ा अब पहाड़ी की ढलान उतर रहा था। कैमरा, उसके पीछे-पीछे पहाड़ी की ढलान उतरने लगा। नदी की आवाज कैमरे के भीतर आई–फिर पूरी नदी आ गई। कैमरा नदी की आवाज से भींग रहा था कि उसने देखा, बूढ़ा दो छोटे पेड़ों के बीच खड़ा है। कैमरा उन छोटे पेड़ों को नहीं पहचान पाया।

"ये मेरे नाती हैं...यह छोटा है...और यह बड़ा..." बूढ़े ने पेड़ों के बीच से दोनों पेड़ों को छूते हुए कहा। वे दोनों छोटे पेड़, बूढ़े के स्पर्श से काँपे–स्नेह की झुरझुरी। नातियों की देह, जड़ों से ऊपर उठ–पेड़ों की पत्तियों में दमकने लगी।

"...एक रात उलटी करते-करते दोनों मर गए...कुछ समझ पाते...कुछ कर पाते, इससे पहले ही दोनों नहीं रहे...अस्पताल दूर भी बहुत है यहाँ से...दोनों छोटों को पीठ पर लाद, पहाड़ी उतरना रात में, मुझ बूढ़े के लिए कठिन था...रातभर इन्तजार करते रहे...बूढ़ी भी...मैं भी...जागते रहे...सुबह-सुबह मुझे एक झपकी आई और बच्चे नहीं रहे..." बूढ़े की आवाज दुख से गहरे तक पकी हुई थी–इतनी अधिक पकी कि टूटकर बिखर रही थी। बूढ़े के हाथ, अब दोनों पेड़ों को सहला रहे थे, जैसे नातियों का सिर सहला रहे हों।

बूढ़ा बहुत देर तक उन दो छोटे पेड़ों के बीच खड़ा रहा–सिर झुकाए। कुछ सोचता। वह जो सोच रहा था, वह कैमरे में नहीं आ सकता था। सिर, उसकी छाती पर इतना झुका था कि कैमरा बूढ़े के चेहरे का भाव नहीं पकड़ सका। कैमरे में बूढ़े का सिर था, बस–सफेद बालों से ढँका और दो छोटे पेड़ों के बीच फल-सा उगा।

अचानक बूढ़ा घूमा और ढलान उतरने लगा। कैमरा बूढ़े के पीछे लपका। बूढ़े को ढलान—उतारते-उतारते नदी तक ले गई। कैमरे में नदी थी और नदी की ओर उतरती बूढ़े की डगमगाती देह। बूढ़ा नदी के किनारे पहुँचकर थोड़ी देर खड़ा रहा—नदी को देखता और कुछ बुदबुदाता। कैमरे की ओर बूढ़े की पीठ थी, इसलिए कैमरा बूढ़े की बुदबुदाहट से खाली था।

थोड़ी देर बाद ही बूढ़ा, नदी के किनारे-किनारे चल रहा था। बूढ़ा चलता रहा... चलता रहा। बूढ़े के साथ, नदी चलती रही...चलती रही। दोनों के साथ कैमरा चलता रहा...चलता रहा। फिर नदी घूमी और बूढ़ा घूमा तो एक छोटी-सी पहाड़ी दिखी, कम ऊँची—धरती पर पसरी-सी पहाड़ी। बूढ़ा उस पहाड़ी को चढ़ता दिखा। पहाड़ी पर पेड़-ही-पेड़ थे—छोटे-बड़े, बहुत-से पेड़। आम, नीम, पीपल, साल, सेमल, ताड़, छिन...बूढ़ा पहाड़ी चढ़ता रहा और पेड़ उसके रास्ते में आते रहे। वह अपना रास्ता, पेड़ों के लिए, उसी तरह बदल रहा था, जैसे पहाड़ियों के लिए नदी ने बदला था, जैसे पेड़ पहाड़ी से नीचे उतरना चाह रहे हों और पहाड़ी चढ़ता बूढ़ा, बार-बार उनके रास्ते पर आ रहा हो।

एक पेड़ के पास बूढ़ा रुका। यह सेमल का पेड़ था। सेमल का पेड़ जिसकी टहनियों पर गहरे लाल फल थे और पत्तियाँ बिलकुल नहीं थीं। पत्तियाँ नीचे थीं, पेड़ के आसपास—सूखती हुईं। बूढ़ा सूखती पत्तियों पर खड़ा था। बूढ़े के चलने और खड़े होने तक पत्तियाँ लगातार बजी थीं। सेमल का यह पेड़, बूढ़े से बहुत ऊँचा था और पहाड़ी की अन्तिम ऊँचाई से—थोड़ा पहले खड़ा था। बूढ़ा पेड़ को देखता रहा...पेड़, बूढ़े को देख रहा था। कैमरा, उन दोनों को देख रहा था। कैमरे ने एक क्षण पहाड़ी की उस पसरी-सी चोटी को भी देखा—बस, एक क्षण, उसके बाद पेड़ और बूढ़े को वह फिर देखने लगा।

बूढ़ा, पेड़ से लिपट गया। लिपटा रहा। बूढ़ा, उस पेड़ के तने-सा कैमरे को लगा। थोड़ी देर बाद, कैमरे के पास बूढ़े के फफकने की आवाज आई। कैमरे को बूढ़े की हिलती-काँपती पीठ दिखी। बूढ़ा रो रहा था। कैमरे में उसकी पीठ रो रही थी।

कैमरा, जब बूढ़े के और करीब गया तो उसने सुना, यह मेरा बेटा है...जवान बेटा...भूखा मरा...खोज-खोज कर सबके लिए खाना लाता रहा और खुद नहीं खा पाया...उस समय...राब खाली गेट थे...बहुत ज्यादा खाली पेट...पेड़ नंगे हो चुके थे और घास पीली...यह मेरा बेटा...इसने सात दिन तक भूख को सहा...नहीं, आठ दिन...आठ दिन इसने सहा...सूखता गया और फिर सो गया...।

बूढ़ा अब भी कुछ बोल रहा था, पर वह कैमरे को सुनाई नहीं दिया। वह

एक घनी बुदबुदाहट थी जो सिर्फ सेमल का पेड़ सुन सका था, सेमल की टहनियों से उसके लाल फूल सुन रहे थे और पेड़ के नीचे पड़ी सेमल की सूखती पत्तियाँ सुन रही थीं।

बूढ़े ने कैमरे से सीधे कहा, ''इन पेड़ों के नीचे बहुत कम बूढ़े हैं...जवान और बच्चे ही ज्यादा हैं...बुढ़ापा कम लोग देख पाते हैं...बहुत कम हैं...मेरे जैसे दो-चार हैं...कई मौतों को साथ लेकर, मैं देख सका हूँ, बुढ़ापा...मेरा बाप भी जवानी में मरा था...मेरा बेटा भी जवानी में मरा...'' बूढ़े ने अपनी नाक छिनकी, ''पता नहीं, मैं कैसे बचा हूँ...वह बूढ़ी भी बची है...सबको मरता देखने बचे हैं हम दोनों... पर अब मैं पहले मरना चाहता हूँ...मैं अपने बेटे के बाजू में बस यहाँ उगना चाहता हूँ...''

बूढ़े का आँसुओं से लथपथ चेहरा लगातार कैमरे के भीतर चमकता रहा।

बूढ़ा पेड़ की ओर मुड़ा, ''तेरे बेटे मर गए दोनों...मैं उन्हें नहीं सम्हाल पाया...तेरी औरत दूसरा आदमी बना ली...छोड़ गई उनको—क्या करती बेचारी... तू रहता नो हम सबको सम्हालता...मेरे हिस्से का खाना तूने क्यों नहीं खाया... मैं मर जाता तो एक बूढ़ा पेड़ गिरता...तू जवान पेड़ था, सबको फल देता ज़्यादा दिन...मैं बूढ़ा ठीक से छाँव भी नहीं दे सका...'' बूढ़ा सेमल के पेड़ से कह रहा था और लिपट-लिपट कर रो रहा था। बूढ़े की लार से पेड़ का तना भींग रहा था...।

कैमरा बूढ़े के इतना करीब आ चुका था कि कैमरे की आँखें, बूढ़े के आँसुओं से धुँधली हो गई थी। कैमरे को अब कुछ नहीं दिख रहा था। इस फिल्म का अन्त—कैमरे के भीतर नहीं था।

उस स्त्री का पति

अचानक उसे लगा कि उसकी बगल में, पत्नी नहीं है—अँगुलियों को छूती खाली हवा है, बस। इधर कई महीनों में ऐसी बहुत-सी रातें आई हैं, जब उसे नींद में लगा है कि पत्नी बिस्तर पर नहीं है और उसकी अँगुलियों ने बिस्तर पर पत्नी की जगह को टटोला है। हर बार पत्नी उसे मिल गई है, अपनी देह के उतार-चढ़ाव के साथ, और वह, उस उतार-चढ़ाव को लेकर, अपनी नींद की गहराई में उतर सका है। पर आज अँगुलियों को बस हवा ने छुआ है। अँगुलियाँ, बेचैन होकर पत्नी के उतार-चढ़ाव को हवा में खोज रही हैं। हवा के भीतर कुछ नहीं है। वह चौंका। उसकी हथेली ने बिस्तर को थपथपाया। वह उठकर बैठ गया। कमरा बरामदे में जलते बल्ब की कम रोशनी में है। बिस्तर पर पत्नी की खाली जगह उसी रोशनी में कुनमुनाती-सी डूबी हुई है। चादर पर पत्नी की करवटों और उठने के निशान हैं। चादर के लाल-पीले फूल पत्नी की करवटों में डूबे हुए हैं। (चादर में सारे फूल हैं—पत्नी एक भी अपने साथ उठाकर नहीं ले गई है!) तकिए पर भी दो फूल पड़े हैं—वहाँ, जहाँ पत्नी का सिर एक छोटा गड्ढा रच गया है।

क्या वह फिर चली गई? उसने सोचा। जो एक बार जा सकती है, वह दूसरी बार भी जा सकती है, फिर तीसरी बार, फिर चौथी बार...पहला कदम ही नया और कठिन लगता है...दूसरा कदम तो हमेशा पहले के बाद होने के कारण आसान हो जाता है...तीसरा उससे भी आसान...फिर चौथा और आसान...फिर एक समय आता है, जब कदम उठाने की कोशिश ही नहीं करनी पड़ती है, वह अपने आप उठता है... इस बार उसकी पत्नी ने पहली बार ही की तरह ज़्यादा सोचा भी नहीं होगा, बस, उसे जाने की जगह मिली होगी और वह चली गई होगी...

इस बार, पत्नी को वह माफ नहीं करेगा—उसने सोचा और एक भद्दी गाली उसके लिए बुदबुदाई। मैं बहुत बदनाम हो चुका हूँ—उसके कारण। इस बार मैं उसे ढूँढूँगा और उसकी हत्या कर दूँगा...अकेले लौटूँगा जैसे वह मिली न हो...ऐसी औरत को हमेशा के लिए खोकर ही तुम सुखी रह सकते हो!

हत्या के बाद, बच्चों का क्या होगा? वह बगल के कमरे की ओर लपका तेजी से। बच्चे वहाँ गहरी नींद में थे। छोटा नींद में अपनी चादर फेंक देता है। वह अब भी ठंड में सिकुड़ता-सा सो रहा था। उसने छोटे को चादर ओढ़ा दी। छोटे ने करवट ली तो उसका चेहरा दिखा। हमेशा की तरह आज भी वह छोटे के चेहरे में अपने निशान खोजने लगा। हमेशा की तरह, वह खोजता-खोजता थक गया, पर छोटे के चेहरे में, उसे अपना एक भी निशान नहीं मिला। मैं दूसरे के बच्चे को पाल रहा हूँ...यह उसका है, जिसके साथ वह पहली बार भागी थी...अब उसने किसी और को यहाँ ढूँढ़ लिया होगा...शहर बदल जाए तो क्या होता है...एक बार आदत पड़ जाए तो आसानी से बदलती नहीं...

शादी से पहले जब वह मुँगेली में नौकरी करता था तो एक बार अपने एक दोस्त के साथ, नशे में डूबा हुआ एक स्त्री के पास गया था। पहली बार कितने संकोच और शर्म में डूबा हुआ था वह—जब दोस्त उस झोंपड़ी का दरवाजा खटखटा रहा था। पर धीरे-धीरे डर और संकोच गायब होता गया था। वह अकेले उस झोंपड़ी में जाने लगा था। बाद में उसने कुछ और झोंपड़ियाँ खोज ली थीं। (पर शादी के बाद वह किसी स्त्री से सम्बन्ध नहीं बना पाया...मन रहा, पर मन को वह रोके रहा।)

"क्या हुआ पापा?" बड़े की आवाज पर उसने पाया कि वह अब भी बच्चों के पलँग के पास खड़ा है। बड़े की नींद कितनी कच्ची हो गई है...वह किसी के आसपास होने के आभास पर टूटने लगी है...क्या उसका बड़ा बेटा भी नींद में अपनी माँ का खो जाना देखता है?

"कुछ नहीं, सो जाओ!" वह बड़े की ओर गया कि उसे ठीक से चादर ओढ़ा दी। ठंड बस कुछ दिनों पहले ही शुरू हुई थी, और इतनी अधिक नहीं थी कि कठिन लगे, पर बच्चों के लिए तो वह अधिक ही थी।

कमरे में, पलँग से थोड़ी दूर, ठंडे फर्श पर लुढ़का पड़ा, एक भालू—बच्चों के लिए उस बड़े आदमी की उपस्थिति को, ध्यान से देख रहा था। भालू के पीछे—दीवार से सटे कुछ और खिलौने थे। एक तोता था जो चाबी घुमाने से बोलता था। एक नायक, जिसकी देह की मांसपेशियाँ बाहर उछल रही थीं। एक लाल बस थी जो दीवार से सटी, दूसरे कोने तक जाने के लिए तैयार खड़ी थी और जिसके भीतर एक उदास छोटा बच्चा बैठा था। इनके साथ एक खेल, दीवार से टिका खड़ा था—जिसके एक तरफ 'साँप-सीढ़ी' थी और दूसरी तरफ 'लूडो' था, पर दोनों बच्चे सिर्फ साँप-सीढ़ी खेलते थे कि साँप निगलता तो उसकी पूँछ तक गिर पड़ते थे और उसके काटे जाने पर दुखी होते थे...

बहुत धीमे-धीमे घूम रहे, पंखे की खट्-खट् आवाज सो रहे बच्चों पर गिर रही थी। सुबह, वह इस पंखे को खोलकर देख लेगा—उसने सोचा और यह सोचते हुए अपनी पत्नी को बिलकुल भूल गया...वह पलटा तो भालू उसके पैरों से टकराया। उसने, उसे उठाकर, छोटे की बगल में सुला दिया...

उसकी पत्नी दो बरस पहले, घर छोड़कर चली गई थी। जिस घर को वह छोड़कर गई थी, वह, यह घर नहीं था। वह घर, दूसरे शहर में जमीन से चार सीढ़ियाँ ऊपर था। चार सीढ़ियों को चढ़ो तो घर अपने भीतर ले लेता था और चार सीढ़ियाँ उतरो तो घर अपने से बाहर कर देता था।

वह, उस लड़के के साथ गई थी जो चार सीढ़ियोंवाले उसके घर के ठीक सामने रहता था, पर उस लड़के का घर बिना सीढ़ियों का था। सड़क के किनारे नाली थी और नाली से लगा, उस लड़के के घर का दरवाजा था। दरवाजे के सामने नाली पर एक मोटा फर्शी पत्थर बिछा था कि कोई नाली में न गिरे। नाली के भीतर उस लड़के के घर की मुर्गियाँ और चूजे खाना ढूँढ़ते, घूमते रहते थे। मुर्गियाँ और चूजे इस छोटी नाली से, बड़ी नाली के सफर पर निकल जाते थे—नालियों के अनन्त में। वे जब तक थकते नहीं और उनका पेट नहीं भर जाता—वे सफर पर रहते, पर शाम ढलते ही वापस घर लौट आते थे। लड़का भी अपने घर में कम रहता था और घर से बाहर ज्यादा रहता था और 'उसका घर', लड़के के लिए—बार-बार 'बाहर' बन जाता था।

लड़के के घर के ठीक सामने एक बिजली का खम्भा था जो सीधे लड़के के घर के दरवाज़े पर रोशनी फेंकता था, इसलिए कितनी भी अँधेरी रात रहे, लड़के के घर का दरवाजा रोशनी में डूबता रहता था। रात में, खम्भे के नीचे बोरा बिछाकर लड़के का पिता और उसके दोस्त जुआ खेलते थे तो खम्भे के नीचे से देर रात तक झगड़े-सा शोर लगातार उठता रहता था। जमीन से चार सीढ़ियाँ ऊपर ठहरा उसका मान, इस शोर से परेशान रहता था। उसे उस नाली की बदबू भी आती थी जो लड़के के दरवाजे से सटकर बह रही थी। लड़के के घर की मुर्गियाँ और चूजे उसकी साफ-सुथरी चार सीढ़ियों पर, अपने पंजों के काले निशान छोड़ जाते थे जो नाली में बहती बदबू के रंग के होते थे।

वह लड़का उससे और उसकी पत्नी से इतना छोटा था कि सन्देह की जगह नहीं बनती थी। यह बात उसके सोचने से बाहर थी कि उसकी पत्नी, अपने से

नौ बरस छोटे लड़के का हाथ पकड़ने, घर की चार खूबसूरत सीढ़ियाँ उतर जाएगी—यह सोचते हुए कि इन सीढ़ियों को अब कभी नहीं चढ़ना है। वह भी उस परिवार के लड़के के साथ, जिसका स्तर इस परिवार से कहीं मेल नहीं खाता है—इसके बावजूद कि लड़के का बड़ा भाई उसका दोस्त रहा है...इसके बावजूद कि अपने बचपन में वह उस घर में आता-जाता रहा है...इसके बावजूद कि वह उस घर का खाता-पीता रहा है...इसके बावजूद कि उसके बचपन के भीतर जो सबसे सुन्दर लड़की बसी हुई है, वह उस लड़के की बड़ी बहन है...

वह लड़का, उसके छोटे भाई की तरह था। रोज घर आता था। उसके आने से, उसे आराम मिलता था। वह लड़का बारहवीं की परीक्षा दे रहा था। पढ़ाई में कोई कठिन जगह आती तो वह उसे सुलझाने उसके पास आ जाता था। वह बहुत छोटे और विनम्र वाक्य बोलता था। अपनी ओर आँख उठाकर शायद ही कभी उसने उसे देखता पाया था। इतने आदर के साथ, अपने सामने उस लड़के का उपस्थित होना, उसे अच्छा लगता था। पत्नी का उस पर स्नेह जो लड़के को छूने तक पहुँच जाता था—उसे छोटे भाई पर पत्नी के स्नेह की तरह दिखता था। दिखने में दिक्कत यह है कि जैसा देखो वैसा ही दिखता है...उसके मन में ही नहीं आया था कि उन दोनों के बीच कोई ऐसा रिश्ता पनप रहा है जो एक-दूसरे की देह को खोज रहा है। उससे ज्यादा बेवकूफ इस दुनिया में कोई नहीं है...अब उसे लगता है कि रिश्तों को जब-तब सन्देह की आँच पर रखकर देख लेना चाहिए कि वे अपनी पवित्रता छोड़, देह को तो नहीं खोजने लगे हैं? देह, रिश्तों को ध्वस्त करती है...देह के पास रिश्तों का कोई नैतिक पाठ नहीं होता...देह, बार-बार खुद के लिए खुद को कहती है...वह अपनी पत्नी की देह को नहीं सुन पाया था... वह चूक गया था और यह चूक उसे बहुत भारी पड़ी थी।

वह सुबह दो बरस पहले आई थी, पर ऐसी ही थी—ठीक-ठीक सुबह होने के पहले की सुबह। वह उठा तो बगल में पत्नी नहीं थी। पत्नी उससे पहले उठती थी और वह जब उठता तो उसकी खाली जगह को पाता था। वह हर सुबह, उस खाली जगह को इस तरह देखता था, जैसे पत्नी को देख रहा हो। वह, पत्नी के बिस्तर पर छूटी सलवटों से, उसकी देह रचा लेता था और ऐसा करते हुए उसे अजीब-सी सन्तुष्टि मिलती थी।

पत्नी की खाली जगह को देखने के बाद—वह आईने के पास गया था। उसका चेहरा कल जैसा ही था—उनींदा और बुढ़ापे की ओर गिरता। आँखों के नीचे गहरे काले धब्बे थे। उसका चेहरा बरसों से धूप में पक रहा है। पत्नी का चेहरा कितना साफ-सुथरा है कि छुओ तो मैला हो जाए कि छुओ तो फूल को

छुओ—सावधानी से कि कोई पँखुड़ी टूट न जाए! पत्नी के सामने वह लगभग असुन्दर है—उसने आईने के सामने सोचा था और आईने ने उसका सोचना पढ़ा था। पत्नी, उसने बहुत सुन्दर पाई है—यह सोचकर वह आईने के सामने मुस्कुराया था तो उसकी मुस्कुराहट को उस दिन बहुत देर तक आईना—अपनी सतह पर तैराता रहा था।

अपने को, आईने में देखकर वह झुका था तो ड्रेसिंग टेबल पर, उसे एक कागज तह किया रखा दिखा था। वह बच्चों की कॉपी से हड़बड़ी में फाड़ा गया पन्ना था। उस पन्ने के भीतर—उसकी पत्नी थी कि तुम्हारे साथ अब मैं नहीं रह सकती, 'चुन्नू' के साथ जा रही हूँ...छोटे को ले जा रही हूँ...तुम खोज-बीन नहीं करोगे तो हम चैन से रह सकेंगे...साथ नहीं दे पाने के लिए मुझे माफ करना... पत्र में कुछ ही वाक्य थे, पर उसे पढ़ते-पढ़ते कॉपी से फटा वह सफेद कागज, पूरी तरह लाल हो गया था। वह बहुत देर तक सन्न खड़ा रह गया था...वह न कुछ सोच पा रहा था और न समझ पा रहा था...वह अपने को उसी तरह अपमानित महसूस कर रहा था, जैसे नपुंसकता, स्त्री की देह के सामने करती है। थोड़ी देर बाद वह रोने लगा—हिचकियों में और फिर बहुत देर तक वह रोता रहा। वह पत्नी के भाग जाने पर रो रहा था कि वह अपने अपमान पर रो रहा था कि वह बस इसलिए रो रहा था कि अपने को सम्हाल सके...उस वक्त कोई ईश्वर से यह पूछता तो ईश्वर भी इसका उत्तर देने में असमर्थ था।

वह रोया था, फिर देर तक बैठा सोचता रहा था। उसने पत्नी की खोजबीन नहीं की—वह पत्नी की बात मान गया था कि वह उस लड़के के साथ चैन से रह सके। पर कुछ दिनों बाद उसे लगा था कि वह पत्नी के घरवालों को खबर कर दे कि अब वह उसके साथ नहीं है और वह उसका जवाबदेह नहीं है कि कल कुछ उल्टा-सीधा हो तो उसके ऊपर न आए...

उसके खबर करते ही, पत्नी के तीनों भाई आ गए थे। वह कहता रहा था और वे तीनों सिर झुकाए सुनते रहे थे।

वह कह चुका था तो उनके बीच चुप्पी बैठी रही। चुप्पी इतनी देर बैठी रही कि कोई उसे तोड़े, यह जरूरी लगने लगा। उसके पास कहने को कुछ बचा नहीं था। पत्नी के भाई चुप्पी अपनी पीठ पर लादकर, उसके घर की सीढ़ियाँ उतर जाएँ तो अच्छा हो—यह उसे लगने लगा था कि बड़े भाई ने कहा, "हम उसे खोजेंगे।"

"कोई उसे न खोजे," उसने कहा था।

"खोजना तो होगा..." मँझले भाई ने कहा, "उसने हमारी नाक कटा दी है..."

''खोजेंगे और उसे मार डालेंगे...'' छोटे ने कहा, ''उस लौंडे को भी छोड़ना नहीं है...साले को...वह भी मरेगा...''

छोटे भाई की बात सुनकर, उसे मन-ही-मन बहुत खुशी हुई थी, पर उसे यह भी लग रहा था कि यह बस बोल रहा है–इसके बस का नहीं है कि यह उन दोनों को मार सके।

''मारने से क्या होगा...अगर वह, उसके साथ सुखी है तो उसे रहने दो!'' मन, जो सोच रहा था–उससे बाहर आकर उसके मन ने कहा था।

''जीजाजी, उसे लाकर हम आपके पैरों में डाल देंगे...'' पत्नी के बड़े भाई ने कहा था।

''उसे मेरे पास लाने की जरूरत नहीं है...मेरा और उसका अब कोई सम्बन्ध नहीं बचा...मेरे पास बिलकुल लाना नहीं...''

तीनों भाई चुपचाप उसकी ओर देखते रहे थे, फिर सिर झुकाकर सीढ़ियाँ उतर गए थे।

वह जब भीतर गया था तो दरवाजे से लगकर, अपने बेटे को रोता पाया था। पाँच बरस के लड़के ने सब सुन लिया था। दो दिनों से लगातार, वह अपनी माँ को पूछ रहा था और वह उससे कह रहा था कि वह मामा के घर गई है। तीनों मामा आ गए थे और बेटा उनके बीच, पिता के झूठ को गिरा हुआ पा चुका था। बेटे को पता चल गया था कि उसने अपनी माँ को खो दिया है। वह बस रो सकता था। बेटे को रोता देख, उसका मन भर आया। उसने, अपने बेटे को गले से लगा लिया। घुटनों पर बैठा–वह खुद एक छोटे बच्चे की तरह लग रहा था। दो छोटे बच्चे एक-दूसरे के गले लगे–अपने-अपने अपमान पर रोने लगे थे।

आश्चर्य! पत्नी के साथ भागने के ठीक चौदहवें दिन, वह लड़का, उसे सामनेवाले घर की अपनी खिड़की पर दिखा था। उसने लड़के की ओर देखा गुस्से से तो काँच के पीछे से लड़के ने इतना झुककर प्रणाम किया था कि लड़के का सिर खिड़की के काँच से टकराते-टकराते बचा था। लड़के का सिर काँच से टकरा जाता तो उसे अच्छा लगता। वह कुछ सोच पाता, इससे पहले ही लड़का दौड़ता हुआ अपने घर से बाहर निकला था–बदहवास-सा और उसके घर की सीढ़ियाँ चढ़ने लगा था। कुछ ही क्षणों में उसने लड़के को, अपने सामने पाया था। वह उसके पैरों पर गिरा

रो रहा था, "भैया, मुझे माफ कर दो...मैंने भाभी को कुछ नहीं किया है...मैं उनका बहुत आदर करता हूँ...उन्होंने जाने के लिए कहा तो मैंने सोचा, आपसे पूछकर जा रही हैं...मैं अलग सोता था—नीचे बिछाकर...सच...ज़िसकी कसम ले लो...मैंने उन्हें छुआ तक नहीं है..."

उसे लगा था कि उसके पैर गीले हो रहे हैं। थोड़ी देर में ही उसके पैर लड़के के आँसुओं में डूब चुके थे। पर लड़के के आँसू ऐसे थे कि उसे लग रहा था कि उसके पैर कीचड़ में सन गए हैं।

"भग साले...नहीं तो मुँह में लात मारूँगा...मादर..." उसने पहली बार अपने वाक्य को इस तरह गाली में डूबा पाया था।

"भैया, आप जब तक माफ नहीं करोगे, मैं आपके पैर को छोड़ूँगा नहीं..." लड़के ने अपना आँसुओं में डूबा चेहरा उठाकर नीचे से उसे देखते हुए कहा था।

उसने झटके से अपने पैर खींचे थे—लड़के की बाँहों के घेरे से और इस कोशिश में वह गिरते-गिरते बचा था, पर सम्हलते ही उसने लड़के को एक लात मारी थी जो उसके कन्धे पर पड़ी थी और लड़का लुढ़क गया था। वह थोड़ी देर वैसे ही पड़ा रहा था—लुढ़का, जैसे कोई खाली बरतन हो, फिर उठा था और उसकी ओर घूरकर देखता हुआ सीढ़ियाँ उतर गया था। सीढ़ियाँ जो अब भी चार थीं और न उतरने के लिए कठिन थीं और न चढ़ने के लिए। घर की सीढ़ियों को ऐसा होना चाहिए कि घर जिसे न चाहे—वह उसे न चढ़ पाए और घर जिसे चाहे—वह उसे न उतर पाए।

उसी शाम, पत्नी अपने भाइयों के साथ—मकान की सीढ़ियाँ चढ़ती दिखी थी। वह भाइयों के पीछे थी। उसकी गोद में छोटा था। वह भाइयों के कन्धों के पीछे, अपना सिर छिपाती, सीढ़ियाँ चढ़ रही थी।

छोटा उसे देखकर मुस्कुराया था। उसका मन हुआ कि छोटे की मुस्कुराहट पर वह अपनी मुस्कुराहट रखे, पर मुस्कुराहट पत्नी न रोक ले, इस डर से वह नहीं मुस्कुरा पाया था। छोटे को कितना अजीब लगा होगा कि उसका पिता, उसकी नन्ही मुस्कुराहट के जवाब में, अपने मरे होंठों से उसे देखता रहा है...पिता के उस दिन के मरे होंठ, जीवन भर छोटे के पास रहेंगे...।

वह घर के दरवाजे को घेरे खड़ा रहा। तीनों भाई एक के बाद एक, तीन सीढ़ियों पर और उनके पीछे अन्तिम सीढ़ी पर उसकी पत्नी खड़ी थी—उसे घूरती। सबसे छोटे भाई के कन्धों पर, उसकी पत्नी की आँखें दिख रही थीं और माथा चमक रहा था। माँग में सिन्दूर था और माथे पर एक बड़ी-सी बिन्दी कि दूर से दिखे।

अचानक उसे लगा कि उसके पीछे कमर के पास कोई है। उसने झुककर देखा, बड़ा बेटा था। वह उसकी कमर के पीछे छिपा, झाँक रहा था। उसने बेटे से, बहुत धीरे कहा कि तू भीतर जा, तो बेटा तुरन्त भीतर चला गया था।

"आप लोग वापस जाइए...मुझे कोई बात नहीं करनी है..." उसने कहा था सबसे बड़े भाई से जो पहली सीढ़ी पर खड़ा था, पर जैसे अपनी पत्नी से कहा था जो अन्तिम सीढ़ी पर थी।

पत्नी, अपने सबसे छोटे भाई के दाहिने कन्धे के पीछे से लगातार उसे घूर रही थी और उसकी गोद में छोटे बेटे की नन्ही बेचैनियाँ थीं–विचित्र-सा कोई तरल उसके भीतर नाचने लगा था–छोटे को लेकर इस सन्देह के बावजूद कि वह उसका बेटा नहीं है, वह उसका पिता बना रहना चाहता था और सन्देह को भूल जाता था।

"एक बार माफ कर दो जीजाजी...जैसा आप सोच रहे हैं–वैसा कुछ नहीं है..." सबसे बड़े भाई ने धीरे से उससे कहा था।

"तुम मुझे क्या समझते हो–चूतिया...आँय...इस औरत की छोड़ी चिट्ठी मेरे पास है...इसने, उस लड़के को चुना है...इसे उसी के पास रहना चाहिए..." उस लड़के के घर की खिड़की को देखते हुए उसने यह कहा था। खिड़की पर पर्दा खिंचा हुआ था, पर उसे लगा था कि पर्दे के पीछे कोई है।

"एक बार माफ़ कर दो!" दूसरी सीढ़ी से मँझले भाई की आवाज उठी, जैसे बहन के लिए सुख की भीख माँग रहा हो। "...सिर्फ एक बार...यह समझी नहीं थी...बस, डराना चाहती थी..."

उनके बीच थोड़ी देर चुप्पी ठहरी रही। वह उन भाइयों और उनकी उस इकलौती बहन की घूरती आँखों से अपने को पूरी तरह घिरा हुआ पा रहा था।

"इसे ले जाओ! कहीं ऐसा न हो कि तुम लोग छोड़ जाओ और मैं इसे मार डालूँ...फिर भले खुद भी मर जाऊँ..." उसने कहा था, जैसे अन्तिम निर्णय सुना रहा हो।

वे भाई-बहन वैसे ही खड़े रहे–उसके इस वाक्य के बाद भी। उन्हें शायद यह नहीं लग रहा था कि यह उसका अन्तिम वाक्य है। अचानक वह दरवाजे के पीछे आया और भड़ाक की आवाज पर दरवाजा बन्द कर दिया। ऐसा करते हुए उसे बहुत खुशी हुई थी। उसकी पत्नी चौथी और अन्तिम सीढ़ी से लौट गई थी–उससे बस तीन सीढ़ियाँ दूर घर बचा रह गया था। उसे लग रहा था कि उसने अपने अपमान का एक हद तक बदला ले लिया है।

घर के भीतर बाप-बेटे रह गए थे। बेटा इतना बड़ा नहीं था कि अपने हाथों अपने को सम्हाल ले। सुबह आठ बजे उसका स्कूल लगता और बाप छह बजे से उठकर पूरे घर के चक्कर काटता रहता कि बेटा स्कूल समय पर जा सके। बेटा स्कूल से दोपहर में लौट आता था। खुद घर का ताला खोलता और सूना घर, एक नन्हे बच्चे को अपने भीतर ले लेता था। वह शाम सात बजे तक अपने ऑफिस से लौट पाता था। बेटा, सात बजे शाम तक क्या करता था—पता नहीं चल रहा था। बाप को सारी चीजें अपनी-अपनी जगह व्यवस्थित दिखती रहीं। बेटा घर के किसी कोने को पकड़कर रोते रहता और घर का वह कोना बच्चे को थाम, चुप कराता रहता था।

अकेले बैठकर रोते रहना—धीरे-धीरे बच्चे की देह को कम कर रहा था। बाप की चिन्ता बेटा था और उसकी देह का कम होना। बाप सोचता, ऐसे में कैसे चलेगा—कहीं, वह बेटे को खो न दे कि यही बेटा उसका है...पत्नी को वह सोचता था तो इतनी घृणा से भर जाता था कि उसके सामने झुकने की इच्छा उसके भीतर आती थी तो तुरन्त मर भी जाती थी। (आश्चर्य की बात थी कि इस पूरे दौर में, उसने पत्नी से तलाक को नहीं सोचा था!)

एक शाम, जब बारिश होने ही होने को थी और बादल, बारिश को जोर-जोर से बोल रहे थे—पत्नी फिर ठीक तीन महीने पहले की तरह, उसे सीढ़ियों पर खड़ी दिखी थी। सबसे बड़ा भाई आगे, फिर मँझला, फिर छोटा और चौथी, अन्तिम सीढ़ी पर उसकी पत्नी थी। उसके घर की सीढ़ियों पर तीन महीने पहले रचा दृश्य, उन लोगों ने फिर रच दिया था। वे कुछ बोलते और वह कुछ सुनता कि बारिश शुरू हो गई थी। वह दरवाजे से हट गया था—अचानक, जैसे घर के बाहर उपजी तेज बारिश ने, उसे हटा दिया हो—बाँह पकड़कर कि जैसे बारिश खुद से बचने उसके घर घुसी हो! उसके हटते ही सीढ़ियों से भाई-बहन धड़धड़ाते भीतर घुस आए थे। वह भौचक खड़ा रहा था, बिना एक शब्द कहे—बहुत देर तक। पत्नी के भाई भी खड़े रहे। उनके कन्धे भीगे हुए थे। उसकी पत्नी और भीतर चली गई थी। पत्नी के भाइयों ने उसका पैर छुआ और वे जैसे ही बाहर जाने के लिए दरवाजे तक पहुँचे बारिश रुक गई थी। और अब वे बिना भीगे, अपनी बहन को उसके घर छोड़ अपने घर लौटते दिख रहे थे।

पत्नी के भाई, जब उसके घर की सीढ़ियाँ उतर ओझल हो गए, तो उसे होश आया कि पत्नी घर के भीतर ही रह गई है। वह तेजी से भीतर घुसा था। पत्नी उसे घर के दूसरे कमरे में ही मिल गई थी—गोद में छोटे को लिए, वह सामने की दीवार को देख रही थी और उसने, उसके भीतर घुसने को जैसे जानबूझकर

नहीं देखा था। उसने छोटे को पत्नी की गोद से छीना और बड़े को पुकारा कि इसे लेकर अपने पढ़ने के के कमरे में जाए। बड़ा उसकी पुकार पर आया और छोटे को ले गया–मुस्कुराता हुआ। छोटा भी बड़े को ले जा रहा था–मुस्कुराता हुआ। दोनों बहुत दिनों बाद एक-दूसरे से मिले थे। (बचपन में भाई सबसे अधिक एक-दूसरे के लिए भाई होते हैं। जैसे-जैसे उम्र बढ़ती है, भाई होना खोता जाता है।)

बेटों के बाहर जाते ही, उसने कमरे का दरवाजा भीतर से बन्द कर लिया था। वह पत्नी को घूरता खड़ा रहा। पत्नी अब भी उसकी ओर देख रही थी। ऐसा लग रहा था कि पत्नी के भाई उसे जबरदस्ती उसके पास छोड़ गए थे। अचानक वह पत्नी पर झपट पड़ा था। उसने बाल खींचकर उसे फर्श पर गिरा दिया था और तब तक उसके हाथ-लात लगातार पत्नी पर चलते रहे–जब तक कि वे पूरी तरह थक नहीं गए। आश्चर्य कि पत्नी उसके पीटने को बिना किसी 'उफ्' बर्दाश्त करती रही थी और लगातार उसे घूरती रही थी...उसके किसी भी सवाल का पत्नी ने जवाब नहीं दिया था...उसने एक शब्द नहीं कहा था...वह बस घूरती रही थी–ढीठ...और वह उसके घूरने से हारने लगा था...वह झुँझला गया था और इतना पिट जाने के बाद भी फर्श पर घूरती बैठी पत्नी को, उसने जोर से एक लात मारी थी और कमरे से बाहर निकल गया था–सीधे घर से बाहर।

उस दिन, वह रात देर से लौटा था–शराब से पूरी तरह लथपथ। वह जितना पत्नी को सोचता गया था, उतना ही अधिक पीता गया था। घर के भीतर घुसते ही हर कमरे में उसने पत्नी को पाया था। वह घर की हर वस्तु पर झुकी हुई, उन्हें साफ-सुथरा करती हुई, सही जगह दे रही थी। घर इतने दिनों में, बिना उसके एक कमरे से दूसरे और दूसरे से तीसरे में पूरी तरह बिखर चुका था। पत्नी हर कमरे से, घर को वापस समेट रही थी...

टेबल में उसे पूरा खाना दिखा था–सजा हुआ और पत्नी के हाथों के स्वाद की खुशबू छोड़ता हुआ। उसके भीतर इच्छा भी जागी थी कि वह खोलकर देखे कि क्या-क्या रखा है...पर इच्छा तुरन्त ही मर भी गई थी। घर में बहुत दिनों बाद रात का खाना बना था। पत्नी नहीं थी तो वह सुबह के खाने को रात में गरम कर सुबह के स्वाद पर ही निगल लेता था और बेटा दूध-रोटी खाकर सो जाता था।

वह सोया था तो नशे की नींद में भी खाने की खूशबू बहुत देर तक उसके भीतर नाचती रही थी। वह खुशबू को झटकता रहा था और झटकते-झटकते गहरी नींद में चला गया था।

अचानक उसकी नींद के भीतर कोई धँसने लगा था। उसकी देह पर बिछा, देह के रास्ते कोई उसकी नींद में घुस रहा था। जैसे-जैसे वह अपनी नींद से उबरता ऊपर आता गया था, उसने पाया था कि वह पत्नी की देह है। पर नींद में जिसे वह अपने ऊपर बिछा पा रहा था, वह देह उसकी बगल में पड़ी थी—थकी-सी और अस्त-व्यस्त सी, गुलाबी नाइटी के भीतर से पत्नी की देह कमरे की धीमी रोशनी को गहरा रही थी। वह नशे से अब भी पूरी तरह बाहर नहीं आ पाया था। पत्नी की देह उसकी देह को जगा चुकी थी। वह एक वेश्या के पास जाता तो क्या यह सोचता कि वह पहले कितने लोगों के साथ सो चुकी है...तो वह इस औरत के साथ क्यों नहीं सो सकता...?

वह, पत्नी के ऊपर आया तो पत्नी ने आँखें खोल दीं, जैसे उसकी देह उसके ऊपर आने का इन्तजार कर रही हो! वह सोई नहीं थी। उसने ठुड्डी पकड़कर, पत्नी के मुँह को झिंझोड़ा और फिर उसके होंठों पर झुक गया जो उसे हमेशा सुन्दर और जादू से भरे लगते थे...देह के भीतर इतनी उत्तेजना भरी थी कि उसने पत्नी की नाइटी फाड़ डाली। वह एक वहशी की तरह पत्नी की देह से जूझ रहा था और उसकी पत्नी उसे घूरती हुई बर्दाश्त कर रही थी। पर वह पत्नी के चेहरे को नहीं देख पा रहा था, उसे बस उसकी देह दिख रही थी—जादुई उतार-चढ़ाव लिए, गोरी-चमकती देह। वह बहुत जल्दी स्खलित होकर हाँफने लगा था...पत्नी अब भी उसे देख रही थी उसी तरह घूरती हुई...उसके भीतर अपने वहशीपन के कारण पत्नी के लिए दया उपजी...उसने दया के लिए अपने होंठ पत्नी के होंठों की ओर बढ़ाए तो अचानक उसे लगा कि वहाँ पहले से दो होंठ उगे हुए हैं...उसने ध्यान से देखा तो वह उस लड़के के होंठ थे। पत्नी की गरदन, माथे और कन्धों पर भी उस लड़के के होंठ थे...पत्नी के स्तनों पर लड़के की अँगुलियों की छाप सी...नीचे जैस-जैसे वह देखता गया—लड़के के अँगुलियाँ और होंठ, पत्नी की देह के पोर-पोर पर उसे मिलते गए...पत्नी की देह लड़के की अँगुलियों और होंठों की छापों से भरी चितकबरी देह थी। वे नीले छापे थे जो गोरी देह पर पूरी तरह उभरे हुए थे। वह बिस्तर पर ही खड़ा हो गया था। पत्नी की देह उसकी टाँगों के बीच—नीचे बिछी हुई। उसने पत्नी की देह को 'थू' कहा था और बिस्तर से नीचे उतर आया था...

वह अब तक सोचता खड़ा है—बच्चों के कमरे में। सोचना कब शुरू होता है—पता

नहीं चलता और आसपास का सबकुछ गुम जाता है। जब चलते-चलते अपने को ठिठका देखते हैं, तो लगता है कि कितनी देर से सोच रहे हैं--जाने क्या-क्या? वह इधर इतना अधिक सोचने लगा है कि उसे लगता है कि वह धीरे-धीरे पागलपन की ओर सरक रहा है। सोचते-सोचते आजकल वह गहरे अँधेरे में गिर जाता है—जहाँ दूर एक टिमटिमाती रोशनी दिखाई देती है। और जैसे ही वह रोशनी के करीब पहुँचता है—वह बुझ जाती है और अँधेरा उसके ऊपर झरने की तरह लगातार गिरने लगता है और वह उस अँधेरे में डूबता जाता है।

बच्चों के कमरे से वह बरामदे में आया। बरामदा, उन सीढ़ियों पर बिखरी रोशनी को छूने की कोशिश कर रहा था, जो छत पर ले जाती हैं। सीढ़ियों की छत का बल्ब रातभर जलता है। यह वही रोशनी है जो बरामदे से छनकर उसके सोने के कमरे में भी आ जाती है। यह वही रोशनी है जिसमें उसकी पत्नी की देह रात में डूबती-उतरती रहती है...

कहीं वह छत पर तो नहीं है—उसने सोचा। नहीं होगी...भाग गई होगी...पर बाहर जाने का दरवाजा बन्द था। रात में लगनेवाला ताला, दरवाजे पर लगा था—स्थिर। कहीं बड़े बेटे ने अपनी माँ पर दया कर उसे बाहर जाने दिया हो और फिर ताला लगाकर चुपचाप सो गया हो...वह दरवाजे की ओर गया और ताले को छूकर देखा। ताला इतना ठंडा था कि जैसे घंटों बाद अँगुलियों का स्पर्श ले रहा हो। वह थोड़ी देर दरवाजे पर ही खड़ा रहा। दरवाजे पर लगा ताला अब भी उसके हाथ में था। फिर वह झुका और उसने पल्लों की बारीक दरार से झाँकने की कोशिश की कि जैसे पत्नी की जाती हुई पीठ दरार से भीतर आ जाएगी। पर बाहर आँगन दिख रहा है—सूना-सूना। आँगन में काँपता-सा गुलमोहर का पेड़ दिख रहा है और उसके आसपास रखे, गमलों में पौधे दिख रहे हैं, जो सुबह की नीली रोशनी को सोखते खड़े हैं।

वह अब भी दरवाजे के ताले को पकड़ा हुआ सोच रहा था कि बच्चों के कमरे का दरवाजा धीरे से खुला, बस, इतना ही कि एक बच्चा उसमें से झाँक सके। फिर पल्ले में खुली जगह पर उसके बड़े बेटे का सिर उभरा। उसने अपने पिता की पीठ देखी, फिर दरवाज़ा देखा, फिर पिता के हाथ में दरवाजे का ताला देखा और गायब हो गया। दरवाज़ा इतने धीरे से बन्द हुआ कि उसके बन्द होने की आवाज नहीं गिरी, जैसे उसके खुलने की आवाज नहीं गिरी थी।

दरवाजे के ताले को पकड़े-पकड़े ही उसने सोचा कि एक बार छत पर देख लेता हूँ—शायद वह वहाँ हो। वह घूमा और दरवाजे के उस पार सुबह की नीली रोशनी में डूबी चार सीढ़ियों पर एक साथ उसके घूमने की आहट बिखरी। चारों

सीढ़ियाँ बहुत देर से उसके खड़े होने को महसूस कर रही थीं। वह जब छत की सीढ़ियाँ चढ़ने लगा तो उसके होने की आहट उन चारों सीढ़ियों से पुछ गई।

वह छत की तीसरी सीढ़ी पर थोड़ी देर खड़ा रहा—असमंजस के भीतर, यह सोचता कि सीढ़ियों को चढ़े या न चढ़े कि बिना चढ़े यह मान ले कि वह छत पर है और जाकर सो जाए...पर कुछ ही क्षणों बाद वह सीढ़ियाँ चढ़ने लगा...।

छत के दरवाजे पर पहुँचा तो दरवाजा उड़का मिला। उसने धीरे से दरवाजा खोला, जैसे किसी रहस्य की पोटली खोल रहा हो! दरवाजे के खुलते ही छत का नीला अँधेरा भीतर आया और सीढ़ियों पर बिखरी रोशनी उससे पहले दरवाजे को पार कर गई।

वह वहाँ थी। छत के अन्तिम कोने में—मुँडेर से चिपकी। छत की मुँडेर, उसकी कमर से थोड़ा नीचे उसे छू रही थी। छत के दरवाजे की ओर उसकी पीठ थी। बाल खुले थे और नाइटी के भीतर से देह की सारी रेखाएँ बाहर गिर रही थीं और छत पर देह की उन रेखाओं की जगमग थी। उसका चेहरा बार-बार आसमान की ओर उठ रहा था, फिर ठुड्डी के बल उसकी छाती पर गिर रहा था। आसमान बुझते तारों से भरा हुआ था और चन्द्रमा गायब था। यह ऐसा समय था, जब आसमान में सूर्य और चन्द्रमा दोनों नहीं थे—बस, बुझते हुए तारे थे। उसके आस-पास उसकी गहरी-लम्बी साँसों की आवाज थी, जैसे कम पड़ती साँसों को वह बुझते तारों से खींच रही हो—जीवन के लिए। साँस खींचने के लिए जब वह चेहरा उठा रही थी—आसमान की ओर तो उसकी एड़ियाँ उठ रही थीं और ऐसा लग रहा था कि अगर एड़ियाँ थोड़ा और ज्यादा उठ गईं और वह सम्हल नहीं पाई तो मुँडेर से नीचे गिर पड़ेगी...

यह साली मुझे पागल कर देगी...वह बुदबुदाया और पत्नी की ओर लपका। वह उसके ठीक पीछे पहुँच गया, पर पत्नी के पास उसके पीछे होने का आभास नहीं पहुँचा। वह पत्नी की साँसों के अब इतना करीब था कि उसकी लम्बी साँस में आए उस झटके को सुन सकता था, जहाँ साँस की लम्बी लकीर के टूटने का डर था। वह थोड़ी देर वैसे ही पत्नी के पीछे खड़ा रहा—साँस की लकीर के टूटने का इन्तजार करता। पर पत्नी की साँस में टूटने का झटका आता जरूर था, पर जब वह आसमान की ओर सिर उठाती थी तो साँस की लकीर टूटने से बच जाती थी। एक क्षण उसके मन में आया कि वह पत्नी की पीठ को बस, एक धक्का दे दे, हल्का-सा और वह मुँडेर के नीचे चली जाएगी...बस एक धक्का और वह मुक्त हो जाएगा। उसने यह सोचा भर था कि पसीने से लथपथ हो गया। पत्नी

की पीठ की ओर बढ़े अपने हाथों को—वह वापस लौटता देख रहा था...उसने पाया कि वह काँप रहा है—ठंड में नहीं, भय में। वह हाँफ रहा था। उसे अपनी साँसों को इकट्ठा करने में समय लगा।

पत्नी के पार उसने देखा। सामने की इमारत पर बिलकुल वैसी ही खिड़की है, जैसे उस लड़के के घर की थी, जिसके साथ वह भाग चुकी थी। खिड़की के भीतर धीमी रोशनी में मँडराती एक छाया भी उसे दिखी, तो सारा खेल यह है! वह आपा खो बैठा। साँस खींचती पत्नी के खुले बाल ठीक उसके सामने थे—अपने लम्बे, लहराते, काले सौन्दर्य से बाँधते नहीं, बल्कि उसे चिढ़ाते हुए। उसका दायाँ हाथ उठा और पत्नी के बाल उसकी गिरफ्त में आ गए। पत्नी सम्हल नहीं पाई। वह उसकी उपस्थिति नहीं जानती थी। यह अचानक हमला था। वह गिरते-गिरते बची—बड़ी मुश्किल से। वह एक बड़ी चोट से बच गई थी। वह उसे पीटने लगा...हाथ-लात जो जैसा चला, चलता गया...इस क्षण बुझते तारों से भरे आसमान के नीचे बस एक पति और एक पत्नी छत पर बचे थे—एक-दूसरे से जूझते। उस क्षण शेष दुनिया अनुपस्थित थी। पत्नी अपने बचाव के लिए कुछ नहीं कर रही थी। कुछ देर बाद उसे लगा कि वह किसी मुर्दे को पीट रहा है। वह सिर पर हाथ रख, उकड़ूँ बैठ गया—पत्नी की शिथिल और अस्त-व्यस्त देह के पास। बुझते तारे उन्हें देख रहे थे।

कुछ देर बाद पत्नी की देह उठी और धीरे-धीरे छत के दरवाजे की ओर बढ़ी। पति की ओर पत्नी की थकी हुई घायल पीठ थी, पर पति को लग रहा था कि पत्नी की पीठ उसे घूर रही है...

अधखाया फल

वह आसमान से झर रही, हलकी नीली शाम थी—जिसमें डूबकर, सड़क की मोड़ पर खड़ा वह सफेद दुमंजिला मकान, पूरी तरह नीला हो गया था। सफेद से नीले हुए, उस घर की खिड़की पर खड़ी एक लड़की, जिसे वह घर निन्नी कहकर बुलाता था—बाहर देख रही थी। लग रहा था कि वह पानी की टंकी को देख रही है जो ठीक उसके घर के सामने है—सड़क पार। लग रहा था कि वह मकानों की कतार को देख रही है जो पानी की टंकी के बाजू से, लम्बी चली गई है—दूर तक। लग रहा था कि वह आसमान को देख रही है जो बरसा रहा है नीला रंग—जाने कब से। यह भी लग रहा था कि वह कहीं नहीं देख रही है और जब कोई कहीं नहीं देखता तो शायद अपने भीतर देखता है कि वहाँ कितना उबड़-खाबड़ है कि हरकदम कितना मुश्किल है...

मकानों की उस कतार का पहला मकान, पानी की टंकी को देखता खड़ा था और इतना सूना और बन्द था कि जैसे उसमें कोई नहीं रहता हो। अकेला गुलमोहर का पेड़ था जो उस मकान के बाहर, पर उसकी चहारदीवारी के भीतर रह गया था। वैसे निन्नी हमेशा उस सूने मकान के बाहर खड़े, गुलमोहर को ही देखती रहती है—लगभग हर शाम। वह, गुलमोहर को देखे तो घर को क्या आपत्ति हो सकती है? आपत्ति होती, अगर वह मकान सूना नहीं रहता और कोई लड़का उस मकान के सूनेपन को मारता—मकान की खुली खिड़की पर खड़ा दिखता। तब निन्नी गुलमोहर को भी देखती तो लोग सोचते, लड़के को देख रही है। और तब शायद उसे यह पता नहीं चलता कि रोज पेड़ देखो तो पेड़ रोज नया हो जाता है, पर रोज घर देखो तो घर थोड़ा और पुराना हो जाता है।

अभी निन्नी कहीं नहीं देख रही है—न गुलमोहर के पेड़ को और न अपने घर को, वह अपने भीतर देख रही है। थोड़ी देर बाद शायद वह गुलमोहर को देखने लगे, इसलिए गुलमोहर का पेड़ निन्नी की ओर देख रहा है—ध्यान से। निन्नी साँवली है। उसके पास दक्षिण भारतीय रंग है—थोड़ा चमकीला और थोड़ा कत्थई

और थोड़ा साँवला। वह बहुत सुन्दर नहीं है, पर ऐसी है कि देखो तो देखते रहने की इच्छा, देर तक भीतर बनी रहती है। वह बीच से माँग निकालती है और बालों में नारियल का तेल लगाकर कंघी करती है। उसके बाल सिर से चिपके-चिपके, नीचे जाकर दो लम्बी चोटियों में बदल जाते हैं। उसके पतले होंठों के पास, चेहरे के ठीक दाईं ओर एक तिल है जो उसके चेहरे को देखते रहने की इच्छा सबसे अधिक जगाता है। साँवला, छोटा पर लम्बा चेहरा। निन्नी हमेशा ऐसी सलवार-कमीज पहनती है, जिन्होंने अपना रंग पूरी तरह नहीं खोया है, पर जो बिलकुल नए भी नहीं लगते हैं। वह हमेशा अपने गले में रंगीन पत्थरों की माला पहनती है। उसके पास तीन मालाएँ हैं—वह उन्हें बदल-बदलकर पहनती रहती है। रविवार के दिन उसका गला सूना रहता है। इस दिन वह तीनों मालाओं के पत्थरों को धोती है और उन्हें नया कर देती है, क्योंकि निन्नी पुरानी चीजों को नया करने का जादू जानती है।

गुलमोहर के पीछे खड़ा मकान निन्नी को नहीं देख रहा है। वह अपनी सूनी आँखों से पानी की टंकी को देख रहा है जो उस सूने मकान के ठीक पास, उससे बहुत ऊपर, ढेर सारे पानी को थामे खड़ी है और जिसे देख उस सूने मकान को हमेशा यह भय होता है कि अगर यह टंकी टूटकर गिर पड़े, तो अपने सूने और सरकारीपन के कारण जर्जर हो चुका वह मकान—तुरन्त बह जाएगा और मकानों की कतार, उसके बाद के दूसरे मकान से शुरू हो जाएगी। इसलिए सूना मकान, एकटक पानी की टंकी को देखते खड़ा रहता है, जैसे पानी की टंकी उसके देखते रहने से नहीं टूटेगी—इसलिए सूना मकान कभी निन्नी को नहीं देख पाता है।

निन्नी पानी की टंकी को देखती है तो उसके टूटने का भय उसे नहीं छूता है कि उसका मकान भी पानी की टंकी के उतना ही पास है, जितना वह सूना मकान है। जहाँ-तहाँ से रिस रही पानी की टंकी में, उसके आधार-स्तम्भों तक हरी लकीरें बन गई हैं, जिन्हें वह देखती है तो देखते-देखते कब उन लकीरों पर यात्रा करने लगती है—उसे खुद पता नहीं चलता है, जैसे वह लड़की नहीं, पानी की रिसती एक बूँद हो। पहले रिसी बूँदों की रची—हरी काई पर फिसलती एक नई बूँद। नई बूँद धरती की ओर जा रही है कि धरती को छू सके, कि धरती को उर्वर कर सके।

इस खिड़की से निन्नी के पास, देखने के लिए—पानी की टंकी, टंकी के पास का सूना मकान और उसके बाहर खड़े गुलमोहर के कभी लहराते और ज़्यादातर चुप खड़े रहते—उस पेड़ के अलावा अधिक कुछ नहीं है। पानी की टंकी के बाएँ से एक सड़क जा रही है, जिस पर 'गर्ल्स टेक्निकल स्कूल' के हॉस्टल का

पिछवाड़ा है। हॉस्टल, इतनी ऊँची चहारदीवारी से घिरा है कि पहली मंजिल की खिड़कियाँ ही, निन्नी की खिड़की से दिखती हैं—इतनी दूर की हॉस्टल की खिड़कियों पर खड़ी लड़कियों के चेहरे धुँधले हो जाते हैं। वह हॉस्टल अंग्रेजों के शासन में, एक सरकारी इमारत थी, जो स्वतन्त्रता संग्राम सेनानियों को 'जेल' डालने के काम आती थी। इसलिए हॉस्टल की खिड़कियों पर, मोटी-मोटी सलाखें हैं और उनके पीछे खड़ी लड़कियाँ, यहाँ से देखो तो जेल में बन्द लड़कियाँ लगती हैं। हॉस्टल की खिड़कियाँ वैसे तो दिनभर बन्द रहती हैं, पर शाम को स्कूल छूटते ही वे खुल जाती हैं और जहाँ-तहाँ टूट रहे प्लास्टर वाली उस भद्दी-पीली इमारत की खिड़कियों में, मोटी सलाखों के पीछे, रंग लहराने लगते हैं। युवा हँसी कौंधती है तो रंगों से फूल खिलते हैं। फूल इतने खिलते हैं कि हॉस्टल की खिड़कियाँ, उन फूलों से भर जाती हैं। खिड़कियों की मोटी सलाखें गुम हो जाती हैं—फूलों के नीचे। बस, रंग दिखते हैं—खिले फूलों के। खिले फूलों के बीच, नाचते-काँपते चेहरे दिखते हैं। हर शाम, हॉस्टल के पिछवाड़े की वह सड़क, हॉस्टल की खिड़कियों से गिरे फूलों से भर जाती हैं।

फूलों से भरी उस सड़क पर, लड़कों की आवाजाही बढ़ जाती है—साइकिल, स्कूटर या पैदल। उस सड़क से गुजरते लड़कों का चेहरा, हॉस्टल की ओर मुड़ा रहता है—थोड़ा ऊपर उठा और हॉस्टल की खिड़कियों में खिले फूलों को देखता हुआ। कुछ लड़के उस सड़क की पुलिया पर भी खड़े रहते हैं, पर उनका चेहरा भी, हॉस्टल की ओर रहता है—थोड़ा ऊपर उठा, थोड़ा मुड़ा, फूलों को देखता। लड़के पानी की टंकी और उसकी दाईं ओर खड़े मकानों की कतार को कभी नहीं देखते हैं। निन्नी का घर, उस सड़क के ठीक मोड़ पर होने के बावजूद, लड़कों के देखे जाने से रह जाता है—वे हॉस्टल को देखते-देखते आगे निकल जाते हैं और उसका घर लड़कों के देखने की हद में आ नहीं पाता है।

मकानों की कतार में रहते लड़के भी, अपने घरों की खिड़कियों और छतों से हॉस्टल की खिड़कियों को देखते रहते हैं—अपने माँ-बाप की नजरों से बचकर। अपने घरों से उनका निकलना, हॉस्टल की सड़क पर टहलने तक सिमट आया है—जिसमें चेहरा थोड़ा ऊपर उठा और एक तरफ मुड़ा रहता है और जिसे हॉस्टल की खिड़कियों के अलावा कुछ नहीं दिखता है। तो इस तरह शाम में नीले हो गए उस सफेद मकान की खिड़की पर खड़ी निन्नी को छेड़छाड़ से बचे रहने का सुख है। पर इस सुख में, कहीं-न-कहीं न देखे जाने का दुख भी मिला हुआ है। निन्नी हर शाम अपनी खिड़की पर खड़ी रहती है, पर उसके कपड़ों के रंगों से फूल नहीं खिलते हैं तो उसका चेहरा फूलों के बीच नाचता और काँपता नहीं है।

तो उसकी खिड़की बिना फूलों के रह जाती है। तो उसकी खिड़की किसी लड़के को अपनी ओर नहीं खींचती है। (मकानों की कतार में भी कुछ लड़कियाँ हैं—इसी निन्नी की तरह, अपनी खिड़की पर खड़ी—फूलों के खिलने का इन्तजार करती हुईं।)

निन्नी की खिड़की के ठीक ऊपर, एक और खिड़की है—ऊपरी मंजिल पर, जो कभी नहीं खुलती है। खिड़की में छोटे-छोटे कुछ सुराख हैं जो आँख बन जाते हैं, जिससे निन्नी की मौसी बाहर की दुनिया देखती है। मौसी यह कभी नहीं चाहती कि बाहर की दुनिया उसे देखे। मौसी को सिर्फ घर के लोग ही देख सकते हैं। बाहर वे कभी गई नहीं हैं और बाहर से जब कोई अपरिचित भीतर आया है तो वे भागकर अपने कमरे में बन्द हो गई हैं कि जैसे वे घर में रहती नहीं हैं। यह इसलिए कि मौसी का पूरा शरीर तो स्त्री का है—खूबसूरत शरीर, पर चेहरा बकरी का है : गायब ठुड्डी लिए—नुकीला। कान बकरी जैसे नहीं हैं बहुत छोटे हैं, पर कान की सामान्य आकृति से बाहर हैं। नाक भी बिलकुल बकरी के नाक की तरह है—चेहरे के भीतर दबी हुई। सिर के बाल—आधे माथे तक उतर आए हैं, इसलिए माथा सामान्य से आधा रह गया है। उनकी आवाज भी उनका चेहरा ले गया है। वे बोलती हैं तो जैसे मिमियाती हैं। घर के लोग ही उनकी बोली समझ सकते हैं जो बचपन से उन्हें सुन रहे हैं और मिमियाते शब्दों से, मिमियाहट को हटाना सीख गए हैं। मौसी के सिर पर सींग नहीं हैं, पर उन्हें, नहीं होने के बावजूद सींग हमेशा महसूस होते रहते हैं। कई बार इन महसूस होनेवाले सींगों के कारण उन्हें खिड़की के छेदों से बाहर देखने में तकलीफ भी होती है। मौसी के पास मनुष्य के चेहरे से इतना अधिक बाहर का चेहरा है कि कोई उन्हें देखे तो पहले बस हँसे—बाद में शायद दया करे। वे जब पैदा हुई थीं तो उनकी माँ को, जब उन्हें दिखाया गया तो माँ डरकर चीख उठी थीं और माँ ने उन्हें गोद नहीं लिया था। इसे फेंक दो...इसे फेंक दो... वे चीख-चीख कर कह रही थीं—यह जानने के बाद कि वे लड़की हैं। मौसी की माँ कई महीने सदमे में रहीं कि उनकी कोख ने बकरी कैसे पैदा कर दी...? उनकी माँ कुछ दिनों तक अपने पति के चेहरे पर बकरे का चेहरा ढूँढ़ती और अपने चेहरे पर बकरी का और दोनों के चेहरों पर उन्हें न बकरी मिलती थी और न बकरा। बस, आश्चर्य मिलता था...वे पागल न हो जाएँ, इसलिए निन्नी की मौसी को उनकी माँ से अलग रखा जाता था। निन्नी की माँ जो मौसी से सात साल बड़ी थीं, अपनी बहन की देखभाल करती रहती थीं। बकरी चेहरेवाली मौसी के पास, माँ के दूध की मिठास कभी नहीं रही। धीरे-धीरे मौसी को उनकी माँ ने स्वीकारा कि साथ रहते-रहते जानवर से भी प्रेम

हो जाता है—ठीक इसी तरह स्वीकारा। जिनके साथ रोज रहो, उनके चेहरे साफ-साफ नहीं दिखते कि हम देखते नहीं हैं। हम उनके इतने आदी हो जाते हैं कि वे हमें अच्छे लगने लगते हैं, इतने कि चेहरे को ध्यान से देखने की जरूरत ही हमें नहीं रहती। तो घर तो मौसी के चेहरे का आदी है, बाहर की दुनिया भले ही न हो। मौसी खिड़की के छिद्रों से बाहरी दुनिया को देखती है कि दुनिया तुम उसके सामने नंगी हो रही हो जिसे तुम देख नहीं पा रही हो। पर मौसी को लगता है कि खिड़की से बाहर गुजरती-ठहरती दुनिया कितनी बड़ी है कि रोज-रोज देखो तो भी खत्म नहीं होती है। अड़तीस के उम्र में मौसी आज भी खिड़की से चिपकी बाहर की दुनिया को अपने भीतर ला रही हैं और थकी नहीं हैं।

अभी निन्नी और निन्नी की मौसी, एक साथ अपनी-अपनी खिड़कियों पर हैं। निन्नी नीचे की खिड़की पर और मौसी ऊपर की। निन्नी की खिड़की खुली है और मौसी की बन्द है। निन्नी सिर्फ शाम को खड़ी रहती है, पर मौसी दिन का अधिकांश समय, अपनी खिड़की के छोटे-छोटे छिद्रों पर टिककर ही बिताती है। छिद्रों से देखने के कोण बदलते हैं तो एक छिद्र से पेड़ दिखते हैं, दूसरे से इमारत, तीसरे से सड़क, चौथे से दूर चली गई मकानों की पंक्ति, पाँचवें से हॉस्टल की कुछ खिड़कियाँ और उनके भीतर की हलचल और सारे छिद्रों के दृश्यों को मिलाकर, मौसी एक बड़ा दृश्य अपने मन में रच लेती हैं और फिर उस दृश्य में घूमती अपने को पाती हैं। दिनभर...रातभर...जीवनभर...मौसी बन्द खिड़की पर। निन्नी खुली खिड़की पर, हर शाम...

यह घर निन्नी के मामा का है—जिसके साथ एक बकरी चेहरेवाली बहन जन्म से रह रही है, जिसके साथ निन्नी की माँ यानी उसकी बड़ी बहन विधवा होने के बाद फिर रह रही है। दो बहनों को पाल रहे भाई का यह घर है। निंन्नी की माँ विधवा होने के बाद तीन साल की निन्नी को गोद में लेकर लौट आई थी। पति के मरने के बाद ससुराल में उनके लिए जगह नहीं बची थी। इतनी भी नहीं कि अपनी बच्ची के साथ वे घर का कोई कोना पकड़, उसकी छाया में रह सकें—जैसे यहाँ रह रही हैं। वे तीन बरस की बच्ची को लेकर इस घर में लौट आई थीं जो बचपन से उनका था, पर ससुराल जाते ही पराया हो चुका था। उस समय माँ-बाप जीवित थे और भाई उनसे छोटा था और उसकी शादी नहीं हुई थी—वे उन्हें और उनकी बेटी को चाहने लगे और वे यहाँ रह गईं। पहले वे पूरे घर में रहीं, पर भाई की शादी होते ही घर कम होने लगा और उन्होंने अपने को एक कोने में, छोटे से कमरे में पाया। यह वही कमरा है जिसकी खिड़की से निन्नी अभी बाहर देख रही है।

निन्नी का मामा, सीधा-सादा आदमी है और अपनी दोनों बहनों को चाहता भी है, पर पत्नी से डरकर और छिपकर। पत्नी बहुत तेज है। पर पति की दोनों बहनों को रखना उसकी मजबूरी है। ससुर वसीयत लिखकर मरा है कि तीनों भाई-बहन यानी निन्नी की माँ, मौसी और मामा, एक साथ रहेंगे और मामा अपनी दोनों बहनों का खयाल रखेगा और भरण-पोषण करेगा। और यदि वह अपने कर्तव्य में असमर्थ रहता है तो पिता की सारी सम्पत्ति दोनों बहनों की हो जाएगी और मामा को फूटी कौड़ी नहीं मिलेगी—और उन्हें सम्पत्ति के अधिकार से बेदखल माना जाएगा।

निन्नी की मामी के हाथ वसीयत से बँधे हैं, पर मुँह खुला है। मामी के खुले मुँह के कारण निन्नी, निन्नी की मौसी और निन्नी की माँ—मामी के तानों से रचे दुख के घेरे में रहती हैं। दुख का घेरा, इतना पीला और चमकीला है कि उनकी ओर देखो तो साफ-साफ दिखाई देता है। पहने कपड़ों और चेहरे के रंग को धुँधला करता—पीला दुख का घेरा। वे तीनों कहीं भी रहें, कहीं भी जाएँ, वह बना रहता है और सबसे पहले दिखता है। इसलिए निन्नी की मौसी अपने दुख के घेरे के साथ, अपनी बन्द खिड़की पर खड़ी रहती है कि खिड़की के छिद्रों के भीतर आए दृश्य उसके दुख के घेरे को थोड़ा धुंधला करते रहें। निन्नी अपने दुख के घेरे को लिए—नीचे की इस खिड़की पर खड़ी रहती है, उस घटना के इन्तजार में, जिसके घटते ही दुख का यह घेरा टूटकर—उसके पैरों पर गिरेगा। निन्नी की माँ, दुख के घेरे के वजन को लेकर, घर के सारे काम निपटाती घूमती रहती है। बरसों हो गए हैं। तीन साल की निन्नी उन्नीस की हो गई है। माँ की देह को, दुख का घेरा धीरे-धीरे कम करता गया है और दुख अपने घेरे में मोटा और बड़ा होता गया है और भारी निन्नी की माँ के पास दुख के घेरे के टूटने का इन्तजार भी नहीं बचा है और न ही उसके कम होने या धुँधलाने का। वे पहले ही अपने जवान दिनों में—तीन साल की बच्ची, गोद में लिए—उसके टूटने का लम्बा इन्तजार कर, थक चुकी हैं और अब, बस अपनी बेटी के दुख के घेरे के टूटने का इन्तजार कर रही हैं—बेटी के साथ-साथ कि दो कामनाओं से शायद, बेटी के दुख का घेरा टूट जाए और बेटी सुखी हो जाए।

वह रविवार की एक विचित्र शाम थी—निन्नी के लिए। विचित्र इसलिए कि सुबह से वह अपने को उस रविवार सहज नहीं पा रही थी। वह घर से बाहर नहीं गई

थी, पर घर के भीतर वह जिस कमरे में जाती, एक अटपटापन उसके पैरों से लिथड़ा साथ-साथ जा रहा था कि घर का फर्श अटपटेपन से गन्दा हो रहा था। इसी अटपटेपन में—सुबह नहाते समय, निन्नी ने अपनी तीन मालाओं में दो को तो रगड़-रगड़ कर धोया था, पर गले में पहनी तीसरी माला को धोना भूल गई थी। इस तरह उसके जीवन में, पहले बीत चुके रविवारों की तरह—इस रविवार, उसका गला नंगा नहीं था। भूली हुई माला उसमें पड़ी थी—भुले हुए शब्द-सी। उस रविवार निन्नी के चेहरे को देखकर, कोई भी कह सकता था कि देखो, यह लड़की, अपनी ही खोई-खोई-सी आँखों में समाई-सी है। हो सकता है, यह सब इसलिए लग रहा हो कि रात बारिश बहुत तेज और देर तक होती रही थी—इसलिए रविवार का सूरज, आसमान में नहीं आते-आते, आया था। रातभर बरसते आसमान के थकने का इन्तजार करता, वह बहुत थका हुआ और ऊबा-सा सूरज था। उस रविवार सूरज को दिनभर उगना और डूबना पड़ा था कि बादल उससे इस तरह खेल रहे थे कि भरी दुपहरी सूरज को गायब कर, शाम रच रहे थे। निन्नी का मन हुआ था कि भरी दुपहरी—बादलों की रची शाम में, वह खिड़की पर खड़ी रहे कुछ देर, पर जैसे ही वह खिड़की पर पहुँचती थी—शाम दुपहर में बदल जाती थी। यह एक अटपटे रविवार का अटपटा खेल था कि लड़की को चाहकर भी दुपहर में शाम नहीं मिली थी।

उस रविवार, निन्नी जब अपने रोज के समय पर, शाम को खिड़की पर आई तो उसे बाहर गहरी शाम मिली, जैसे रोज की शाम को नीले से पोतकर गहरा कर दिया गया हो। बादल धीमी फुहार में थे। इतनी धीमी फुहार में कि लोग बिना छतरी के आ-जा रहे थे और फुहार लोगों के बालों में चिपक उन्हें बूढ़ा कर रही थी। फुहार लोगों को न भिंगा रही थी और न ही सूखा बचा रही थी। खिड़की से उस शाम निन्नी ने अपना हाथ बाहर किया तो बादलों के महीन दाने, उसकी हथेली के रोओं में चमकने लगे। उसने हथेली से अपने गाल को छुआ तो फुहार का मीठा और ठंडा स्पर्श—उसके गाल पर ठहरा रहा और खिड़की पर खड़ी निन्नी बहुत देर तक, अपने गाल पर ठहरे फुहार के स्पर्श में गुम रही।

निन्नी ने उस रविवार, जब रोज की तरह, उस सूने मकान की ओर देखा तो पाया कि उस मकान के बाहर खड़ा गुलमोहर बहुत देर से उसकी ओर देख रहा है। गुलमोहर, निन्नी को इतनी देर तक देखता रहा कि यह उस विचित्र रविवार के अटपटेपन के भीतर उसे उगा लगने लगा। और निन्नी की देह गुलमोहर के देखने से असहज हो गई कि गुलमोहर के ठीक नीचे एक लड़का खड़ा था—उसकी ओर लगातार देखता। (स्त्रियों की पीठ भी अपनी देह के आग्रह की नज़र को

तुरन्त पकड़ लेती है–इस पकड़ से किसी पुरुष की मुक्ति सम्भव नहीं है।) गुलमोहर का पेड़ चहारदीवारी से सटा हुआ था, इसलिए लड़के का सिर्फ सिर दिख रहा था, जैसे गुलमोहर की पत्तियों के हरेपन के नीचे, उसके लाल फूलों की छाया में–एक सिर चहारदीवारी पर रखा है। लड़के का धड़ चहारदीवारी में गुम था–इस तरह जैसे चहारदीवारी में चुन दिया गया हो। लड़के की आँखें निन्नी को देख रही थीं–एकटक। पर जैसे ही निन्नी ने उन आँखों को अपनी ओर देखते देख लिया, वे तुरन्त झेंप गईं–पलकों के नीचे छिपकर, जैसे निन्नी की नजर बदमाश बच्चे के कान की ओर बढ़ती अँगुलियाँ हों।

सब कुछ गीला-गीला था। वह पुराना मकान। गुलमोहर का पेड़। पानी की टंकी। हॉस्टल की इमारत। इमारत की खिड़कियाँ। सड़क। कहीं-कहीं से झाँक रही भूरी धरती भी, गीली होकर गाढ़ी-भूरी हो गई थी। इन सबके बीच खड़ा वह लड़का भी भींगा हुआ था। पता नहीं वह, कब से वहाँ खड़ा था–निन्नी की खिड़की के खुलने का इन्तजार करता। धड़कती साँसों पर चढ़ता-उतरता, निन्नी की एक झलक के लिए–अनन्तकाल से वह वहाँ गुलमोहर के नीचे खड़ा था।

अब निन्नी के लिए, उस पुराने मकान की ओर लगातार देखते रहना, आसान नहीं रह गया था। जाने कब निन्नी का देखना, पानी की टंकी पर आकर टिक गया था–इस तरह कि वह पानी की टंकी को नहीं देख रही थी, पर लग यही रहा था कि वह पानी की टंकी को ही देख रही है। निन्नी ने बहुत कोशिश की–कठिन, और अपनी नजरों को कनखियों में डाल, उस मकान की ओर धकेला। लड़के का सिर गुलमोहर के नीचे वैसा ही था–चहारदीवारी पर रखा-सा और एकटक उसकी ओर देखता-सा। निन्नी घबड़ा गई। उसने खिड़की छोड़ दी, जैसे वह अपने कमरे की खिड़की न हो, किसी तेज भागती रेलगाड़ी की खिड़की हो–जहाँ दृश्य भाग रहे हों और हवा इतनी तेज हो कि आँखों में धूल आ रही हो। वह अपने कमरे के उस कोने में जाकर बैठ गई–जहाँ पर बहुत दुखी होने पर बैठती थी और रोती थी। दुख और सुख के लिए हम एक ही कोने को चुनते हैं। दुख कें लिए अलग और सुख के लिए अलग कोना खोजना मुश्किल है। वह हाँफ रही थी–उत्तेजना से भरी लबालब। पहली बार दुख के कोने में कोई सुख काँप रहा था। झील में पानी की काँपती सतह–चाँदनी में डूबी। निन्नी ने पहली बार दुख के घेरे में सुख को चमकता देखा। वह बहुत देर उस कोने में बैठी रही–सुख की चमक में डूबती-उतराती। वह, घर भूली हुई थी। वह, दुनिया भूली हुई थी।

सुख की उत्तेजना से अपने को बाहर लाने में–निन्नी को समय लगा। फिर

वह उठी और खिड़की की ओर बढ़ी। कमरे के कोने ने उसे देखा—एक सुख में काँपती लड़की को खिड़की की ओर जाते। खिड़की जैसे-जैसे करीब आती गई, निन्नी की उत्तेजना बढ़ती गई। दिल—धक्-धक् था। वह उसे बजता सुन रही थी। खिड़की के उस पार सुख का स्रोत था—गुलमोहर के नीचे। वह खिड़की के बाईं ओर गई कि बाहर से वह न दिखे और उसने नहीं दिखते हुए, धीरे से, खिड़की के पल्लों को सुख के स्रोत पर उड़का दिया। बाहर से गुलमोहर को, लड़की की कोहनी दिखी और बन्द होते खिड़की के पल्ले दिखे, पर लड़की नहीं दिखी। गुलमोहर का पेड़ दुखी हुआ। वह लड़की को, कोहनी से नहीं पहचानता था, पर वह लड़की की कोहनी ही होगी—उसने सोचा था। गुलमोहर अब भी खिड़की की ओर देख रहा था कि शायद खिड़की खुल जाए--फिर।

निन्नी ने अपनी आँख, खिड़की की दरार पर रख दी जो एक बारीक नीली लकीर होकर, खिड़की के बीचोबीच बन गई थी—खिड़की के लगभग पूरी तरह बन्द नहीं होने के कारण। दरार में टिकी निन्नी की आँख नम हो गई—सुख में। बाहर लड़का था गुलमोहर के नीचे—उदास चेहरे से खिड़की की ओर देखता। दरार इतनी बारीक थी कि बाहर से लड़के को खिड़की बन्द दिख रही थी। लड़के की उदासी ने, निन्नी को खुश किया। अब निन्नी बेझिझक लड़के को देख सकती थी। लड़के का रंग उससे साफ था—गोरेपन की ओर गिरता। निन्नी को लगा कि इस चेहरे को कहीं उसने देखा है। उसने सोचते-सोचते दरार से अपनी आँख उठा ली और कमरे के उस कोने तक गई जो अब सुख के लिए था और वहाँ पहुँचते ही उसे याद आ गया कि अरे, यह तो कॉलेज जाने के रास्ते में कई बार दिखा चेहरा है! पर निन्नी अपनी सहेली से बातचीत में इतनी डूबी रही कि इस लड़के पर कभी ध्यान नहीं दे पाई। वैसे भी एक लड़की के लिए सिर उठाना मुश्किल होता है कि वह एक छत से बाहर आती है तो दूसरी छत तक नजरों, सीटियों और छींटाकसी की सुरंग में होती है। सुरंग में सारे लड़कों के चेहरे, एक जैसे होते हैं। लड़की हँसी तो फँसी। लड़की सिर उठाई तो फँसी। इसलिए रास्ते का बहुत कुछ हज़ार बार उस रास्ते से गुजरने के बावजूद, देखने से रह जाता है। लड़कियाँ सड़क और पगडंडी को सबसे अधिक पहचानती हैं—उनके एक-एक गड्ढे और काले-भूरे रंगों की छायाओं के साथ। अरे, यह तो बहुत पहले से पीछे है—निन्नी ने सोचा और खुश हुई। निन्नी के खुश होते ही सुख के कोने में गेंदे के फूल खिल गए—सुख का सुनहरा ढेर। निन्नी फिर वहाँ गई—खिड़की पर। फुहार से भींगी नीली दरार पर उसकी आँख फिर थी...

निन्नी को उस लड़के का चेहरा अच्छा लगा। शायद कोई और चेहरा वहाँ

होता तो भी वह उसे अच्छा लगता। निन्नी प्रेम में जाना चाहती थी तो वहाँ चेहरा महत्त्वपूर्ण नहीं था--प्रेम महत्त्वपूर्ण था। यह इत्तिफाक ही था कि गुलमोहर के नीचे खड़ा लड़का दिखने में ठीक-ठाक था और जब वह चहारदीवारी से बाहर आया तो लड़की ने देखा कि वह उस समय के फैशन से ताजा था। उसने काले रंग की, बहुत चौड़ी मोहरीवाली पेंट--ऊँचे हील की सैंडल और बेलशर्ट के साथ पहन रखी थी। उसके बालों में, उसके कान इस तरह गुम थे कि जैसे वह बिना कानों का हो। वह पूरी तरह, उस समय के एक प्रख्यात हीरो की तरह दिखने की कोशिश कर रहा था, जिसे उसके बाद की पीढ़ी भूल जानेवाली थी।

लड़के की पेंट और शर्ट की सारी जेबों को मिला दो तो पाँच रुपए के एक मुड़े-तुड़े नोट के अलावा कुछ भी मिलना मुश्किल था। वह नोट भी, उसकी माँ का था। इस तरह कि उसके पिता ने जो पैसा घर खर्च के लिए माँ को दिया था--वह उससे बचा, नोट था। माँ ने जीरे के डिब्बे में, उस पाँच के नोट को डालकर रखा था, जब वह नोट, किसी बड़े नोट से टूटकर वापस आया था--बचकर। माँ नोट को भूली नहीं थी। पर बेटे के लेने के बाद भूल गई थी। तो वह जीरे की खुशबू से भरा नोट--लड़के की पेंट की जेब को जीरे से लबालब भर चुका था।

लड़के के तीन और छोटे भाई-बहन थे और पिता कचहरी में बाबू था। लड़का जहाँ खड़ा था, उसी मकानों की कतार के पीछे बने, दूसरी कतार के एक सरकारी मकान में वह रहता था और उसका मकान निन्नी की खिड़की से कितनी भी कोशिश करो, नहीं दिख सकता था। वह कॉलेज में 'कॉमर्स' लेकर पढ़ रहा था और भविष्य के लिए, बड़े स्वप्न नहीं देख रहा था। बस, अपने पिता की तरह एक सरकारी नौकरी चाहता था--बाबूगीरी की। बाबूगीरी में साहबों की जी-हुजूरी तो थी, पर थोड़ी ऊपरी आमदनी भी थी जो घर को ठीक-ठाक चलाने में मदद करती थी कि घर के लोग ठीक-ठाक पहन-ओढ़ सकते थे कि ठीक-ठाक खा-पी सकते थे। कार नहीं रख सकते थे--वह उस दशक में बाबुओं के स्वप्न में भी नहीं आती थी। मोटर साइकिल भी स्वप्न में इतनी आधी-अधूरी ही आती थी कि मोपेड दिखने लगती थी। इसलिए लड़के के पिता के पास एक मोपेड थी जो लड़के को कभी चलाने नहीं मिलती थी। वह उसे छू सकता था, जब सुबह-सुबह पिता के आदेश पर वह उसकी सफाई करता और हर रविवार को पानी डालकर धोता। लड़का साइकिल पर आता-जाता था और शर्म में नहीं डूबता था। वह बीसवीं शताब्दी के आठवें दशक का समय था, जब उसकी उम्र के लड़के और लड़कियाँ साइकिल में ही दिखते थे। कॉलेज में, एक-दो मोटर साइकिलें या मोपेड

दिखती थीं जो किसी धनाढ्य लड़के द्वारा कभी-कभी ही लाई जाती थीं। धनाढ्य लड़कों को भी, रोज-रोज मोटर साइकिल लाने में शर्म आती थी।

अभी लड़के की साइकिल, पानी की टंकी के नीचे खड़ी है और साइकिल की सीट—टंकी से बूँद-बूँद रिस रहे पानी से बूँद-बूँद भीग रही है। लड़का जब साइकिल पर बैठेगा तो उसकी पेंट बैठने की जगह पर गीली जरूर होगी कि लड़का गीली सीट पर, पक्का ध्यान नहीं देगा कि उसका पूरा ध्यान उस बन्द खिड़की पर है और वह उसके फिर खुलने का इन्तजार करता खड़ा है...

वह दीपावली की छुट्टियों में डूबी दुपहर थी जो रावणभाठा में फैली हुई थी। उस मैदान के बीचोबीच, रावण की इक्कीस फीट ऊँची प्रतिमा थी—सीमेंट से बनी और चार फीट ऊँचे चबूतरे पर खड़ी। चबूतरे को चढ़ने के लिए चार सीढ़ियाँ थीं। वह, दशहरे के तीसरे दिन का रावणभाठा था और सारे मैदान में पॉलीथिन और कागज के रंगीन पूड़े—पतंगों के चिथड़ों के साथ बिखरे पड़े थे जो हलकी सी हवा आए तो काँपने लगते थे तो पूरा रावणभाठा काँपता-सा लग रहा था। पॉलीथिन के कुछ गुलाबी और काले पूड़े—बबूल के पेड़ों पर अटके हुए थे और बबूल में उग आए, काले-गुलाबी विचित्र फूलों की तरह लग रहे थे। बबूल के पेड़ मैदान में कम नहीं थे, पर इस तरह उगे थे—बीचोबीच कि कोई कहे तो मैदान से हट जाएँ चुपचाप—बिना किसी विरोध के कि वे इस तरह उगे थे, जैसे अपने ही उगने पर सन्देह कर रहे हों! रावण चबूतरे से थोड़ी ही दूरी पर एक बड़ा बेल का पेड़ था, जिसमें कुछ चिड़ियाँ बैठी निन्नी की ओर देख रही थीं जो रावण चबूतरे के ऊपर, रावण के पैरों से टिकी खड़ी थी और जिसका सिर रावण की कमर तक भी नहीं आ पा रहा था। रावण के दसों सिर, अपने कमर के नीचे खड़ी उस लड़की को देख रहे थे, जिसे चिड़ियाँ बेल के पेड़ से देख रही थीं। जिस लड़की को, अपने फीके नीले रंग से आसमान देख रहा था। जिस लड़की को हवा छू-छूकर जा रही थी और पेड़ों को उसकी खुशबू बता रही थी। जिस लड़की के ऊपर पतंगों के चिथड़े जुड़कर—पूरी पतंग होकर उड़ना चाह रहे थे। जिस लड़की को बबूल के पेड़, काले गुलाबी पॉलीथिन के पूड़ों के कारण, साफ-साफ नहीं देख पा रहे थे और दुपहर जिस लड़की के चेहरे पर मुलायम होकर गिर रही थी।

रावण पीले, लाल और हरे रंगों में नया चमक रहा था। दशहरे के दिन, उसकी देह पर एक खरोंच भी नहीं आई थी। रावण के दसों सिर थोड़ा नीचे झुके—लड़की

को लगातार देख रहे थे। रावण को अपनी जाँघों में, लड़की-स्पर्श की गुदगुदी महसूस हुई—हज़ारों साल बाद, आज दशहरे के पाँचवें दिन, रावण के साथ यह अजीब बात हुई, पर हो गई। इक्कीस फीट का रावण, पाँच फीट तीन इंच लम्बी लड़की के अपने से टिकने पर थरथरा गया। रावण के दोनों पैर काँप रहे थे--सनसनी में डूबे। रावण की पूरी प्रतिमा काँप रही थी।

निन्नी, यहाँ उस लड़के का इन्तजार कर रही थी जो कुछ दिन पहले रविवार की विचित्र शाम में—उसके घर के सामने, गुलमोहर का पेड़ बन गया था। निन्नी की मुट्ठी में, कागज की वह पर्ची अब भी दबी थी जिसमें लिखा था कि रावणभाठा में दो बजे मुझे अपने प्यार का इन्तजार रहेगा। पर्ची में लिखे शब्द, निन्नी के हथेली के पसीने से भीग चुके थे। निन्नी ने भीगने से पहले ही शब्दों को पढ़ लिया था और उसे पता नहीं था कि शब्द भीगकर अपने को खो चुके हैं। वह उस पर्ची को सम्हालकर रखना चाहती है कि उस पर्ची में, उसके लिए लिखा पहला प्रेम-सन्देश है। लड़के ने सन्देश में न अपना नाम लिखा है और न ही लड़की को कोई सम्बोधन दिया है। लड़का सन्देश में कहीं नहीं फँस रहा है—वह सन्देश में है, पर जैसे सन्देश से बाहर है। निन्नी न लिखे होने पर भी सन्देश में उस लड़के का नाम पढ़ रही है और अपने लिए सम्बोधन भी...

निन्नी, जब कल सुबह, कॉलेज जा रही थी तो लड़के की साइकिल उसके बाजू तेजी से गुजरी और यह पर्ची, निन्नी के साइकिल की हैंडल पर लगी बॉस्केट में—उसके कॉपी-पुस्तकों के बीच गिरी थी। लड़का साँय से गुजर गया था, जैसे बाजू से हवा गुजरती है तेज या जैसे भय गुजरता है अकेले में। उसने, लड़के की पीठ से पहचाना कि यह वही लड़का है जो कुछ दिनों से उसके घर के सामने रोज शाम गुलमोहर का पेड़ बन रहा है। सही तो यह है कि निन्नी ने पीठ से नहीं, पीठ से चिपकी कमीज से पहचाना कि वह वही लड़का है, क्योंकि पहले दिन गुलमोहर के पेड़ ने जो कमीज पहनी थी—यह वही थी। निन्नी ने यह भी जान लिया कि उसके पास ठीक-ठाक चार ही कमीज होंगी कि चार दिनों के बाद वह पहले दिन की कमीज को दुहरा रहा है। निन्नी यह सोचकर मुस्कुराई थी कि इसके भी हाल मेरे जैसे हैं। उसके पास बहुत-सी सलवार-कमीजें थीं, पर वे मामी की लड़कियों का उतारा थीं। न पुरानी और न नई—मामी की लड़कियों के जी से भर चुकी सलवार-कमीजें। उसकी अपनी तो दो या तीन ही थीं, जिन्हें वह सहेजकर रखती थी कि खास वक्तों में पहन सके। उसमें से एक आज वह पहनी हुई थी और जिसे रावण देख रहा था कि साँवले रंग का पहना, पीला, रंग कैसे आसमान तक उड़ता-सा दिखता है।

पर्ची ने निन्नी की साइकिल धीमी कर दी थी और धड़कन तेज। कॉपी-पुस्तकों के बीच पर्ची काँप रही थी—हवा में। निन्नी को लगा ऐसे तो पर्ची उड़ जाएगी तो उसकी धड़कती साँसों ने, चलती साइकिल पर—सामने झुककर पर्ची को उठा लिया। अब लड़की की दाहिनी मुट्ठी में, अँगूठे के साथ की तीन अँगुलियों में—साइकिल का हैंडल था और छिगनी अँगुली के साथ...दो अँगुलियों में—पर्ची दबी थी। साइकिल की गति धीमी हो गई थी और सड़क और आजू-बाजू से गुजरते लोग अनुपस्थित। आखिरकार लड़की पर्ची को लिए-लिए कॉलेज नहीं पहुँच पाई। पर्ची ने उसे रोक दिया था—अधबीच ही।

मस्जिद के सामने—सुबह-सुबह सूने पड़े मैदान ने देखा कि सड़क के किनारे खड़ी एक लड़की—अपनी साइकिल पर टिकी एक पर्ची को ध्यान से देख रही है और पर्ची का सफेद रंग गिर रहा है और सबसे अधिक दिख रहा है। मस्जिद से थोड़ी ही दूरी पर—मैदान ठीक दूसरे छोर से एक कोने में खड़ी बहुत-सी भैंसें, अपने में मगन जुगाली कर रही थीं—मक्खियों से घिरीं। उन भैंसों का ध्यान लड़की की ओर बिलकुल नहीं था। पर्ची पढ़ने में, लड़की को बहुत देर नहीं लगी थी। उसने उसे खोला और बस पढ़ लिया था। वहाँ पढ़ने को बस एक वाक्य था। पर सच यह था कि पर्ची वापस मुट्ठी पर जाने के बाद भी—उसके सामने खुली रह गई थी और लड़की उस वाक्य को बार-बार पढ़ रही थी...और बार-बार रच रही थी...और बार-बार खो रही थी...और बार-बार पा रही थी...वह वाक्य अब तक एक लम्बे पत्र में बदल चुका था...

सड़क किनारे खड़ी निन्नी, पर्ची पढ़ते ही उड़ने लगी। वह धीरे-धीरे ऊपर उठी—साइकिल सहित, हलकी होकर। वह उड़ी तो भैंसों ने चौंककर उसे देखा। मस्जिद ने देखा। उस मैदान ने देखा, जिस पर वह खड़ी थी। निन्नी उड़ते-उड़ते कॉलेज गई और दुपहर तक कॉलेज में उड़ती रही। कॉलेज ने उड़ती लड़की पर ध्यान नहीं दिया। जब-तब लड़कियाँ उड़ती रहती थीं और कॉलेज देखते-देखते थक चुका था। और कॉलेज में निन्नी की क्लास लगी रह गई और पढ़ती रह गई—बिना निन्नी के। निन्नी कॉलेज की क्लास छोड़ उड़ गई।

निन्नी रावणभाठा में, रावण की जाँघों से टिककर खड़ी—उस लड़के का इन्तजार कर रही है। वह थोड़ी-थोड़ी देर में सिर घुमाकर इधर-उधर देख रही है। उसे लग रहा है कि लड़का किसी भी दिशा से आ सकता है। मैदान में लड़के के आने के लिए—तीन दिशाएं खुली हैं। दिशा भर एक बन्द है—जल संशोधन संयंत्र से। रावणभाठा, इस संयंत्र के बाजू में है। ठीक-ठीक यह है कि रावणभाठा को कम करते हुए यह संयंत्र है। शहर जो पानी पीता है—इसी संयंत्र से साफ

होता है। निन्नी को संयंत्र दिखा तो उसके भीतर एक क्षण, लड़के को भूल, यह इच्छा जागी कि देख सकूँ, पानी कैसे साफ होता है? तभी उसे अपने घर के सामने की पानी की टंकी याद आई। तभी उसे अपना घर याद आ गया और निन्नी को लगने लगा कि वह गलत जगह पर खड़ी है, गलत समय पर और एक गलती का इन्तजार कर रही है—भीतर की धड़कनों को सहेजते। एक क्षण निन्नी को लगा कि लौट जाए। घर उसे जोर-ज़ोर से पुकारने लगा, पर मुट्ठी में रखी पर्ची उसी समय तुरन्त सक्रिय हो गई और वह भी पुकारने लगी। पर्ची की आवाज के सामने घर की आवाज धीमी पड़ती गई और निन्नी पर्ची में लिखे वाक्य में डूब गई।

निन्नी, इन्तजार करते-करते थककर जब रावण के पैर के बाएँ पंजे पर बैठ रही थी, तब लड़का साइकिल घसीटता आता दिखा—पैदल।

"साइकिल पंचर हो गई थी इसीलिए..." लड़के ने आते ही कहा। चेहरा पसीने में डूबकर चमक रहा था। बाल थोड़े बिखर गए थे। यह हो सकता है कि लड़के ने, निन्नी के सामने आने से पहले बालों पर कंघी की हो और रूमाल से अपना चेहरा पोंछा हो, पर वह निन्नी को उतना सुन्दर नहीं दिख रहा था, जितना वह गुलमोहर का पेड़ होने पर दिखता था।

निन्नी चुप रही।

लड़के ने साइकिल रावण के चबूतरे पर टिका दी और निन्नी के ठीक बगल में, रावण के दाएँ पैर के पंजे पर आकर बैठ गया। रावण को, लड़के का अपने पैर पर बैठना बिलकुल अच्छा नहीं लगा। रावण के हाथों का धनुष, जिस पर तीर चढ़ा हुआ था, कभी भी अपने पैरों की ओर नीचे झुक सकता था—लड़के के सिर पर निशाना साधकर। रावण के बाएँ पैर के पंजे पर गुदगुदी थी—असीम आनन्द था और दाएँ पैर के पंजे पर खुरदुरा पत्थर था—पंजे पर गड़ता।

"मैं बहुत डर रहा था...मुझे लगा, तुम नहीं आओगी..." लड़के ने निन्नी से कहा—सिर मोड़कर उसे देखते और मुस्कुराते हुए।

निन्नी चुप रही। वह सामने देख रही थी—बबूल के पेड़ों को और लड़के की ओर देखने की इच्छा अपने भीतर जगा नहीं पा रही थी। वह घर के सामने खड़े गुलमोहर को याद कर रही थी। मन में गुलमोहर, अपने समूचे हरेपन और फूलों के रंग के साथ लहलहा रहा था।

"तुम मुझे अच्छी लगती हो...बहुत अच्छी..." लड़के ने कहा और निन्नी की हथेली अपने हाथ में ले ली। निन्नी ने हथेली को वापस अपनी ओर खींचने की स्वाभाविक इच्छा को रोकते हुए—लड़के की मोटी-खुरदरी हथेलियों के बीच उसे पड़े

रहने दिया। लड़का थोड़ी देर निन्नी की हथेली को थपथपाता रहा—जैसे कोई बच्चा, नए खिलौने को पहचानने की कोशिश कर रहा हो, फिर लड़के ने अपनी अँगुली से निन्नी की हथेली पर लिखा—प्रेम। निन्नी शब्द के पूरा होते-होते ही, अपनी चुप्पी में शर्मा गई।

"आपका नाम क्या है?" निन्नी ने शर्म के भीतर से बाहर आकर और कनखियों से लड़के को देखते हुए पूछा।

"प्रेम!" लड़के ने कहा। "और तुम्हारा?" लड़के ने पूछा।

निन्नी की हथेली अब भी लड़के की हथेलियों के बीच दुबकी पड़ी थी।

"प्रेमिका..." निन्नी ने कहा और जोर से हँसी। उसकी हँसी रावण तक को चौंका गई।

लड़की की हँसी को न समझ पाने के कारण रावण के पास एक नहीं, दस बेवकूफ चेहरे थे।

"मेरा नाम सच में प्रेम है..." लड़के ने अपनी झेंप के भीतर से कहा।

"मेरा नाम भी सच में प्रेमिका है..." निन्नी ने हँसते हुए फिर कहा।

सच तो यह था कि दोनों ही एक-दूसरे के नाम को जानते थे—पहले से ही और प्रेम में नाम की जगह बहुत कम थी और शायद नहीं ही थी। प्रेम तो बिना नाम की लड़की से, बिना नाम का लड़का भी कर सकता है...

निन्नी की खुली हँसी से लड़के की हिम्मत बढ़ गई। लड़के ने अपनी बाँहों के घेरे को फैलाया—निन्नी को उसके भीतर लेने के लिए। पर निन्नी चौंककर उठ खड़ी हुई। अपनी बड़ी-बड़ी आँखों से लड़के को डाँटती उसने कहा, "नहीं।"

"अच्छा, नहीं...बैठो तो..." लड़के ने कहा, जैसे कहीं से थककर लौटा हो।

निन्नी फिर बैठ गई रावण के बाएँ पैर के पंजे पर। रावण से छूट गई गुदगुदी, रावण को फिर मिल गई। निन्नी को बैठते ही बेल का पेड़ दिख गया—हरे बेलों से भरा : हरे गेंदों से, जो जाने कब से निन्नी को देख रहा था चिड़ियों की आँखों से और निन्नी, अब उसकी ओर देख पाई थी।

"देखो, बेल के पेड़ में गेंद उगे हैं...मुझे सिर्फ एक चाहिए..." निन्नी अपने बचपन में बेल से हॉकी खेलती थी—बेल और बेशरम की गाँठदार लकड़ी से। बहुत जल्दी ही गेंद बना बेल का फल, फूटकर दो भागों में बँट जाता था और वह और उसकी सहेली बेल के एक-एक भाग को लेकर अपने-अपने घर चली जाती थीं—फल के भीतर पीले गड्ढों में, सफेद बीजों के आसपास के लसलसेपन को अपनी अँगुली से छूती हुईं।

"बेल के कच्चे फल का क्या करोगी?" लड़के ने आश्चर्य से पूछा। गर्मियों

में बेल के पके फल का शरबत लड़के की माँ बनाती थी और वह पीना उसे अच्छा भी लगता था।

"उसे छूना मुझे अच्छा लगता है..." निन्नी ने मुस्कुराकर कहा। उसकी मुस्कुराहट लड़के की ओर नहीं, बेल के पेड़ की ओर देख रही थी।

"और मेरा छूना खराब लगता है..."

"मैं बेल के फल को छूती हूँ...बेल का फल मुझे नहीं छूता..." निन्नी ने कहा और फिर हँसी।

"तो तुम मुझे छुओ...मैं तुम्हें नहीं छूऊँगा..."

"ऊँह, मैं किसी को इतनी आसानी से नहीं छूती..." दरअसल लड़की छूती थी तो वस्तुएँ बदल जाती थीं। वस्तुएँ जीवित हो जाती थीं, इस तरह कि उनकी धड़कनों को सम्हालना मुश्किल हो जाता था। इसलिए निन्नी ने यह कहा था। "तुम ला दो बेल का एक फल...नहीं ला सकते?...ला दोगे तो मैं तुम्हें छू लूँगी...सच।"

"मुझे पेड़ पर चढ़ना नहीं आता..." लड़के ने कहा तो निन्नी हँसी।

"तुम्हें बस प्रेम पर चढ़ना आता है...पर मुझे तो कम-से-कम एक फल चाहिए..." निन्नी की मुस्कुराहट ने कहा।

"ठीक है...मैं कोशिश करता हूँ।" लड़के को लगा कि बेल के एक फल को नहीं तोड़ पाने से कहीं यह प्रेम न टूट जाए, इसलिए वह रावण के चबूतरे से उतर गया। रावण के दाहिने पैर का पंजा लड़के के भार से मुक्त हुआ। निन्नी को लगा कि ऊपर से एक लम्बी निःश्वास गिरी। निन्नी ने ऊपर देखा—सिर को पीछे मोड़कर, तो रावण के दसों सिर उसे घूर रहे थे—एकटक। प्यार से लबालब भरी बीस आँखें। रावण के सिरों के ऊपर आसमान था जो रंग-बिरंगी पतंगों से जाने कब भर गया था। और पतंगों के साथ नाच-काँप रहा था। पतंगों की डोर मैदान में खड़े, छोटे-छोटे बच्चों के हाथ में थी। जाने कब जो मैदान में आ गए थे। न लड़के को पता चला था और न निन्नी को। शाम तक ऐसा हो जाएगा कि रावणभाठा से आसमान नहीं दिखेगा। वह पतंगों के पीछे छिपा रहेगा—पतंगों के चटकीले रंगों के बीच, पतंगों की छत के नीचे, रावण के पंजों पर बैठे लड़का और लड़की दिखते रहेंगे।

निन्नी ने देखा कि लड़का बेल के पेड़ के नीचे खड़ा है। उसके आसपास पतंग उड़ाते बच्चे हैं। लड़का कभी बेल के पेड़ को देख रहा है तो कभी पतंग उड़ाते बच्चों को। बच्चों के हाथ की डोर की छोर पर उड़ती पतंग को लड़का नहीं देख रहा है कि लड़का आसमान नहीं देख रहा है। जैसे ही निन्नी को लगा कि

लड़के का चेहरा उसकी ओर मुड़ रहा है, उसे देखने, वैसे ही वह तुरन्त आसमान की ओर देखने लगी।

निन्नी नहीं देख रही है उसे—यह देखकर, लड़का निश्चिन्त हुआ, जैसे कोई चोर निश्चिन्त होता है—अँधेरे और सोए लोगों को देखकर। उसने कुछ पत्थर बटोरे और बेल पर निशाना साधने लगा। बेल के फल जैसे चतुर फल हों—पत्थर को अपनी ओर आते देख रहे थे। एक भी पत्थर, एक भी बेल को नहीं गिरा पाया। लड़का थक गया। पतंग उड़ाते बच्चे हँसने लगे। बेल का पेड़ हँसने लगा। आसमान से, पतंगों की हँसी गिरी। रावण के नीचे से निन्नी मुस्कुराई। पर लड़का किसी की भी हँसी को नहीं सुन पाया।

"तुम तोड़ सकते हो?" लड़के ने एक पतंग उड़ाते बच्चे से पूछा जो मुश्किल से छह-सात बरस का था और अपने स्कूल की नीली हाफ पेंट और सफेद कमीज में पतंग उड़ाने आ गया था।

"वाह, क्यों नहीं!" बच्चे ने गर्व से कहा, जैसे लड़के की हँसी उड़ा रहा हो कि देखो, तुम इतने बड़े होकर भी जो नहीं कर सकते—वह मैं कर सकता हूँ—तुम से इतना छोटा।

"एक रुपया दूँगा।" लड़के ने लालच को बढ़ाया।

"पतंग, तुम उड़ो थोड़ी देर अपने आप...मैं अभी आया बेल तोड़कर..." बच्चे ने अपनी पतंग से आसमान की ओर देखकर कहा। पतंग आसमान में थोड़ा लहराई और फिर ठहरकर उड़ने लगी। बच्चे को लग गया कि पतंग ने उसकी बात सुन ली है तो बच्चे ने पतंग की डोर छोड़ दी। पतंग उड़ती रही। पतंग को धरती और आसमान सम्हाले रहे। लड़का, पतंग और बच्चे की इस आत्मीयता को भी नहीं देख पाया। उसका पूरा ध्यान, बच्चे से एक रुपए की एवज में बेल का एक फल तुड़वाने से था। निन्नी देख रही थी कि कैसे एक बच्चे के कहने पर धरती और आसमान, पतंग को उड़ाने का काम करते हैं और पतंग कैसे एक बच्चे के कहने पर धरती और आसमान के बीच अपने को साध लेती है।

"यह लो तुम्हारा फल।" लड़के ने हथेली आगे बढ़ाते हुए निन्नी से कहा। हथेली में बेल का फल था—हरा चमकीला।

"यह तुमने नहीं तोड़ा है," निन्नी ने कहा।

"तो किसने तोड़ा है...?" लड़का सोच रहा था कि निन्नी ने नहीं देखा है कि बेल कैसे तोड़ा गया है।

"उस बच्चे ने!" निन्नी की अँगुली बच्चे की ओर गई जो आसमान और धरती से वापस अपनी पतंग को लेकर फिर उड़ाने लगा था।

"तो क्या...तुम्हें बेल के फल से मतलब...मैंने तोड़ा या मेरे कहने से उस बच्चे ने तोड़ा...तो भी कोशिश तो मैंने ही की है...तुम यह फल लो और मुझे छुओ।" लड़का मुस्कुराया।

"छूना होगा तो मैं उस बच्चे को छूऊँगी...तुम्हें क्यों छूऊँ?"

"तुम पागल हो!" लड़के ने कहा

"हाँ, मैं पागल हूँ!" निन्नी ने कहा और उस बच्चे की ओर दौड़ पड़ी, जिसने बेल का वह फल तोड़ा था जो अब लड़के की फैली हथेली में रावण के सामने हरा चमकीला दिख रहा था और रावण मुस्कुराता—लड़के की हथेली में चमकते बेल के फल को देख रहा था कि हथेली में रखा फल, पेड़ में उगे फल से कितना अलग लगता है। रावण ने फिर दौड़ती हुई निन्नी को देखा कि बस वह उस पतंग उड़ाते बच्चे के पास पहुँचनेवाली थी।

निन्नी को अपने पास देखकर, वह बच्चा मुस्कुराया। उन दोनों को देख, उड़ती पतंग मुस्कुराई और हवा में इठलाकर उड़ने लगी। निन्नी ने बच्चे के साथ, इठलाती पतंग को देखा।

"वाह...तुम्हारी पतंग तो बहुत सुन्दर है...मैं भी इसे उड़ा सकती हूँ?"

"लो!" बच्चे ने पतंग की डोर निन्नी को दे दी। निन्नी की अँगुली में डोर आते ही, जब पतंग नाचते-नाचते, तेजी से नीचे गिरने लगी तो बच्चे ने लपककर डोर निन्नी के हाथ से ले ली।

"अभी गिर जाती..." बच्चे ने निन्नी से कहा और मुस्कुराया, "...पतंग अभी, तुम्हें पहचानती नहीं है।"

"बेल तुमने तोड़ा था?" निन्नी ने बच्चे से पूछा, जैसे जानती न हो कि बेल उसने तोड़ा था।

"हाँ, क्या हुआ?" बच्चे ने आश्चर्य से कहा।

"काँटे नहीं लगे?"

"पेड़ के काँटे मुझे नहीं लगते..." बच्चे ने कहा और फिर मुस्कुराया।

"मैंने उससे कहा था कि जो बेल का फल तोड़कर लाएगा—मैं उसे छूऊँगी..." निन्नी ने, रावण के नीचे खड़े लड़के की ओर देखते हुए कहा, "...तुमने तोड़ा है मेरे लिए फल...तो अब मैं तुम्हें छूऊँगी...छू लूँ?"

"छू लो दीदी!" बच्चे ने खुश होकर कहा।

निन्नी झुकी और उसने बच्चे के गाल को चूम लिया। मीठा, प्यारा और पवित्र चुम्बन। निन्नी सलवार-कुर्ते के गन्दे होने की परवाह किए बिना, घुटनों के बल बैठकर बच्चे के बराबर हो गई। उसने उस बच्चे को लिपटा लिया अपने

से। बच्चे के सीने को दो गुदगुदे स्पर्शों ने छुआ। निन्नी मुस्कुराई। बच्चा शरमाया। बच्चे की बाएँ हाथ की अँगुलियों में अब भी पतंग की डोर थी। बच्चे की उड़ती पतंग, निन्नी और बच्चे को देख रही थी और उनके स्नेह के लिए, बच्चे की अँगुली से आई ठुनकियों की परवाह किए बिना, ठीक से उड़ रही थी।

निन्नी ने मुस्कुराकर बच्चे से बिदा ली कि वह लड़के के पास जा सके जो अब तक थककर रावण के दाहिने पैर के पंजे पर बैठ गया था और जिसके पैरों के पास, बच्चे का तोड़ा बेल का फल पड़ा था। निन्नी लड़के की ओर कुछ कदम ही चली होगी कि उसे बेल का पेड़ दिख गया। निन्नी ने फिर दिशा बदल दी—अब वह रावण की ओर नहीं, बेल के पेड़ की ओर जा रही थी। पेड़ घना था और बेल के फलों से इतना लदा था कि पत्तियाँ छुप गई थीं—फलों के नीचे। निन्नी, पेड़ के नीचे जाकर खड़ी हो गई। रावण की ओर निन्नी की पीठ थी। दुपहर तेजी से शाम की ओर फिसल रही थी। निन्नी के ऊपर बेल की पत्तियों, फलों और काँटों की मिली-जुली छाया थी—फुसफुसाती छाया। निन्नी को कुछ क्षणों के बाद ही लगा कि बेल का पेड़, फुसफुसाता-सा कुछ कह रहा है। निन्नी पेड़ के और करीब गई—तने के करीब कि फुसफुसाहट वहीं थी। निन्नी ने सुना कि बेल के पेड़ ने कहा कि मुझे छूओ, मैं सारे बेल तुम्हें दे दूँगा।

''मैं तुम्हें क्यों छूऊँ?'' निन्नी ने कहा।

''तुम्हें मेरे फल नहीं चाहिए?'' बेल का पेड़ फुसफुसाया।

'मैं फल पाने के बाद छूती हूँ...छूने के बाद मिला फल मुझे नहीं चाहिए...'' निन्नी ने कहा।

''तो लो!'' बेल के पेड़ ने साफ-साफ कहा—बिना फुसफुसाए और निन्नी ने अपने चारों तरफ, बेल के फलों का टपकना सुना—लगातार। फल, टपकते रहे, बहुत देर तक—बेल के पेड़ को छोड़ते रहे। पेड़ ने अपने को पूरी तरह खाली कर दिया था। निन्नी के चारों ओर बेल के फल बिखरे पड़े थे। कुछ मैदान में दूर तक लुढ़क गए थे। अब निन्नी आसानी से बेल के फलों को पार कर लड़के के पास नहीं जा सकती थी। निन्नी ने घबड़ाकर रावण की ओर देखा कि लड़का पेड़ के नीचे घटे आश्चर्य को, रावण के साथ देख रहा है। लड़का घबरा गया और अब दौड़कर निन्नी की ओर आ रहा था। रावण भी दौड़कर निन्नी तक पहुँचना चाह रहा था—लड़के से पहले, पर वह चबूतरे से इस तरह जुड़ा था—पक्का कि चाहकर भी अपने भारी-भरकम पैरों को उठा नहीं पा रहा था।

निन्नी ने जैसे ही अपनी ओर भागते आते लड़के को देखा—वह तुरन्त पलटकर बेल के पेड़ से लिपट गई—उसके तने से। उसने बेल के पेड़ को अपनी

पूरी देह से छूआ—देह की कोमलता से और एक चुम्बन लिया कि उस पेड़ ने निन्नी के लिए अपने सारे फल खो दिए थे...

रावणभाठा मैदान की उस दुपहर के ठीक आठ माह बाद—निन्नी को उसके शहर, उसके मोहल्ले और उसके घर ने बिदा कर दिया। निन्नी ने अपने को नई जगह पाया। वह शहर निन्नी के शहर से बत्तीस किलोमीटर दूर बसा, एक औद्योगिक शहर था। उस शहर में इस देश का पहला इस्पात कारखाना था, जिसका उद्घाटन, इस देश के प्रथम प्रधानमन्त्री ने किया था। निन्नी ने यह बात अपने स्कूल की किताब में पढ़ी थी और उस शहर को सिर्फ इतनी-सी बात से ही जानती थी।

वह शहर अपने आप नहीं बसा था। बसाया गया था। इसलिए न तो मोहल्लों के नाम थे जो अजीब तो लगते हैं, पर करीब भी लगते हैं और न ही मकानों का बेतरतीबपन था। मकान पंक्तियों में खड़े थे और नम्बरों में बँटे हुए थे और मोहल्लों के नाम की जगह सेक्टर नम्बर थे और सारे सेक्टर नम्बर वाली सड़कों पर बसे हुए थे। जेल में जैसे कैदियों के नाम नहीं रहते—बस, नम्बर रहते हैं—ऐसे बिना नाम के मोहल्ले के, बिना नाम के घरों में रहते-रहते उस शहर के लोग अपना नाम भूलने लगे थे। उस छोटे से शहर की जनसंख्या का अधिकांश—उस इस्पात कारखाने के भीतर बन्द रहता था, जहाँ विशालकाय धमनभट्ठियों में लोहा रचा जाता था। धमनभट्ठियों में लोहे के साथ-साथ मनुष्य की देह भी गल रही थी, पर लोहे का गलना दिख रहा था, देह का गलना नहीं दिख रहा था। उस शहर में, काम की 'शिफ्ट' से, कारखाने के बाहर आई जनसंख्या थककर पंक्तिबद्ध मकानों में सोती रहती थी और सोकर उठी जनसंख्या, दूसरी शिफ्ट के लिए निकलकर, कारखाने के भीतर बन्द हो रही थी। इसलिए उस छोटे शहर की सड़कों पर सन्नाटा घूमता दिख रहा था—इक्के-दुक्के लोगों की पदचाप के साथ जो सन्नाटे को नहीं तोड़ पा रही थी। स्त्रियाँ, बच्चे जरूर थे जो इस सन्नाटे से खेलते कहीं-कहीं दिख रहे थे। अगर वे नहीं होते हो यह शहर बहुत जल्दी खंडहर में बदल जाता और खंडहरों के बीच एक विशालकाय धुआँ उगलता कारखाना दिखता रहता। निन्नी ने इस शहर को जानते ही सबसे पहले यही सोचा।

उस शहर के घर में भी निन्नी को एक खिड़की मिल गई थी—जो बाहर की दुनिया को उसके भीतर ला रही थी। यह अलग बात थी कि इस शहर में बाहर इतना सूना रहता है कि बार-बार सन्नाटे के दृश्य ही भीतर आते रहते हैं। निन्नी

खिड़की पर खड़ी थी। खिड़की के बाहर—सूनी सड़क पर में खेलते बच्चे दिख रहे थे। बच्चों को आधी रात नींद से उठा दो और कहो कि खेलो, तो बच्चे तुरन्त खेलना शुरू कर देंगे—निन्नी ने सोचा और मुस्कुराई। तुरन्त ही उसे बेल के फल वाला बच्चा याद आ गया, फिर रावणभाठा, फिर वह लड़का और वह उदास हो गई। पति की कल 'नाइट शिफ्ट' थी—वह सो रहा था। दिन दोपहर में, पति की गहरी नींद के खर्राटों से, घर के उस कमरे में—अँधेरा भर रहा था। घर के बाहर दिन और घर के भीतर रात। एक कमरे के आकार की रात, जिसमें एक आदमी लगातार सो रहा है और खर्राटे ले रहा है। निन्नी के पति की माँ, तखत पर बैठी उसी कमरे में मृत्यु का इन्तजार कर रही है, जिस कमरे में तखत के नीचे बिस्तर लगाकर उसका बेटा सो रहा है। निन्नी के पति का चेहरा—उस लड़के का नहीं है, जिससे वह आठ महीने तक रावणभाठा में मिलती रही है...लड़ती रही है...प्रेम करती रही है। यह दूसरा आदमी है, जिसे निन्नी के मामा-मामी ने उसके लिए चुना है...उसके लिए सही माना है...उसके लिए जैसे वही बना है। निन्नी चुपचाप इस चुन जाने पर टँक गई थी, जैसे कोई नया बटन, टूटे हुए बटन की जगह टँकता है।

निन्नी का प्रेमी वह लड़का, उन दिनों निन्नी के घर के आसपास पागल-सा मँडराता रहता था। उन दिनों निन्नी के घर के आसपास, गुलमोहर के एक जैसे हजारों पेड़ उग आए थे या ऐसा लग रहा था, क्योंकि निन्नी का घर जैसे ही बाहर के लिए खुल रहा था तो उसे गुलमोहर का पेड़ दिख रहा था। और निन्नी का घर गुलमोहर के पेड़ों से इस तरह घिर गया था कि अपने घर से बाहर निकलना—निन्नी के लिए मुश्किल हो गया था। निन्नी, एक कदम भी घर से बाहर निकालती तो कदम गुलमोहर के पेड़ पर जाता था जो ठीक उसी पेड़ की तरह दिखता जैसा मकानों की पंक्ति के पहले मकान पर, उगा गुलमोहर दिखता था और जिसे निन्नी हमेशा देखती रही थी। उन दिनों निन्नी की खिड़की बन्द कर दी गई थी और निन्नी को उस कमरे से हटा दिया गया था—इस डर से कि कहीं बन्द खिड़की से गुलमोहर का पेड़ न दिख जाए। निन्नी के मकान के भीतर हुए, हर खटके पर गुलमोहर का पेड़ चौंकता रहा, पर निन्नी से नहीं मिल पाया। वह उसकी बारात को आते और जाते देखता रह गया था। वह अपनी एक-एक पत्ती और अपने एक-एक फूल में, उसी दिन झर गया था।

पर इस बीच, लड़के से उतावली में और इस डर में कि कहीं वह निन्नी को खो न दे—एक गलती हो गई कि वह निन्नी के होनेवाले पति से मिलने चला गया। उसके साथ उसका एक दोस्त भी था जो दिखने में इतना कठोर था कि

एक सामान्य आदमी के भीतर उसका चेहरा भय पैदा कर देता था। लड़का दोस्त को कवच की तरह ले गया था कि दोस्त चुप भी बैठा रहेगा तो कोने में बैठे चुप-आतंक की तरह दिखेगा।

निन्नी का होनेवाला पति (जो लड़के को पहली नज़र में ही अपने से बहुत अधिक बदसूरत, काला और मोटा लगा था) अपने घर के दरवाजे को खोल, चेहरे पर प्रश्न लिए उन्हें देख रहा था।

"कहिए?" उसने पूछा। उसे लगा था कि लड़का और उसका दोस्त किसी का पता पूछने खड़े हैं। इस छोटे औद्योगिक शहर में, पते हमेशा गुम जाते हैं। अगर आप नामों के आदी हों तो नम्बरों के पते तो आपसे गुमते ही हैं। अगर आप नम्बरों के आदी हो तो भी यहाँ पते गुम जाते हैं। यहाँ तक पड़ोसी से, उसके पड़ोस का पता गुम जाता है। इसलिए दूसरे शहर से आए लोग यहाँ पता ढूँढ़ते अक्सर दिखते रहते हैं तो निन्नी के पति का सोचना उन दोनों के बारे में बिलकुल भी गलत नहीं था।

"के सुन्दरम...आपसे मिलना था..." लड़के ने कहा, जो बहुत बीमार और थका-सा दिख रहा था—ठीक उस आदमी की तरह जो पहाड़ की चोटी पर, नीचे छलाँग लगाने के लिए खड़ा रहता है। लड़के के पास थोड़ी काँपती-सी आवाज थी। लड़के को लग रहा था कि वह नहीं, उसके भीतर से कोई और बोल रहा है।

"मैंने आपको पहचाना नहीं...?" निन्नी के होनेवाले पति ने कहा। बिलकुल साफ हिन्दी में कि वह यहीं हिन्दीभाषी क्षेत्र में पैदा हुआ और बड़ा हुआ था। दक्षिणी भाषा उसके घर के भीतर थी—जिसे वह अपना मुँह, अपनी माँ के कान के पास ले जाकर, जोर-जोर से चीखते हुए, कभी-कभी बोलता था।

"आइए...अन्दर आइए!" निन्नी का होनेवाला पति जैसे ही दरवाजे से हटा, तखत पर बैठी उसकी माँ दिखी। दुबली-पतली काया—जिसे देखकर लग रहा था कि वह ऐसी देह है जो हर क्षण कम हो रही है। लगातार कम होती देह में, एक पके बालोंवाला सूखा स्त्री चेहरा रखा हुआ था जो धीरे-धीरे काँप रहा था। उस चेहरे की आँखें खुली थीं, पर कहीं भी नहीं देख रही थीं। लड़का और उसका दोस्त जब भीतर घुसे तो दोनों को ही लगा कि काँपते उस चेहरे ने, उन्हें नहीं देखा है। वह बैठक का कमरा—बीमार स्त्री की गन्ध से भरा हुआ था। निन्नी के होनेवाले पति को वह गन्ध नहीं आती थी, पर बाहर के हर आदमी को आती थी, जिसे वह उस कमरे में बैठाने ले जाता था।

"मुझे आपसे अकेले में बात करनी है..." लड़के ने तखत की ओर देखते हुए कहा।

"अकेले ही हैं...वे कुछ नहीं सुन पातीं..." निन्नी के होने वाले पति ने, बिना तखत की ओर देखे कहा, "बैठिए!"

तखत के विपरीत कोने पर, फायबर की चार सस्ती कुर्सियाँ रखी थीं—सफेद, जो किसी के आने का इस तरह इन्तजार नहीं कर रही थीं कि कोई आए और उनमें बैठे। अटपटे ढंग से पड़ी उन कुर्सियों के सामने, लकड़ी का एक पुराना स्टूल रखा था—जिसके एक टूटे पाए को इस तरह जोड़ा गया था कि वह अलग से जुड़ा हुआ दिख रहा था—मोटा। इस आदमी ने खुद ही पाए में एक मोटी लकड़ी की पट्टी ठोंक, उसे खड़ा होने लायक बना दिया था—लकड़ी की पट्टी, साफ अलग दिख रही थी।

वे दोनों बैठ गए—एक-एक उदासीन कुर्सी पर, लड़का और उसका दोस्त जो लड़के के साथ—उसकी हिम्मत बनकर।

"बोलिए!" निन्नी के होनेवाले पति ने खड़े-खड़े ही पूछा। कुछ इस तरह कि लड़का बोल ले और जाए।

"आप निन्नी से शादी कर रहे हैं..." लड़के ने कहा—थोड़ा अटकते और झिझकते हुए।

"उसका नाम निन्नी भी है..."

"घर का है..." लड़के ने कहा।

"हाँ, कर तो रहा हूँ..." निन्नी के होनेवाले पति ने मुस्कुराकर कहा। वह होनेवाली पत्नी के प्रेम में भीगी, गीली मुस्कुराहट थी।

लड़का थोड़ी देर चुप रहा। उसने तखत की ओर देखा। वहाँ एक बूढ़ी स्त्री का पका सिर अब भी काँप रहा था—समान गति से, जैसे दीवारघड़ी का खराब हो गया पैंडूलम हो जो घड़ी की गति से तेज डोल रहा हो। बूढ़ी स्त्री के काँपते सिर से समय की भागती टिक्-टिक् बजी। लड़के को लग रहा था कि वह पुरानी पड़ गई प्लास्टर छोड़ती दीवारों से पूरी तरह घिर गया। उसने अपने दोस्त की ओर देखा। वह वैसा ही बैठा था—कठोर चेहरा लिए, अपनी भूमिका में पूरी तरह डूबा हुआ। उसे देख लड़के के भीतर भी हिम्मत जागी। उसने कहा, "ऐसा नहीं हो सकता कि आप शादी से इनकार कर दें?"

निन्नी का होनेवाला पति, लड़के की ओर इस आश्चर्य से देखने लगा कि यह लड़का कहीं पागल तो नहीं है? उसे लगा कि लड़के ने जो कहा है, उसे, उसने ठीक से शायद सुना नहीं है कि वह लड़के से इस वाक्य की उम्मीद में नहीं था। उसके लिए यह बहुत अपरिचित वाक्य था—ठीक उस पत्थर की तरह जो आपकी खिड़की में अचानक आकर लगता है और खिड़की के काँच से ज्यादा आपको

चौंका जाता है।

"इसलिए कि मैं उससे प्रेम करता हूँ..." लड़के ने थोड़ी देर बाद कहा। कहने के पहले उसने, अपने दोस्त को एक बार फिर देख लिया था। लड़के के इतना कहते ही उस कमरे में सन्नाटा छा गया। तखत पर बैठी बूढ़ी स्त्री का काँपता सिर ठहर गया। निन्नी के होनेवाले पति ने एक कुर्सी खींची थी और उस पर तुरन्त बैठ गया था कि वह थोड़ी देर भी और खड़ा रहता तो गिर जाता।

थोड़ी देर बाद, निन्नी के होनेवाले पति की आवाज आई—धीमी कि जैसे वह बहुत दूर से बोल रहा हो, "वह भी तुमसे प्रेम करती है?"

"हाँ, हम आठ महीने से मिल रहे हैं।" लड़के ने कहा। उसे निन्नी के होने वाले पति का हताश चेहरा देखकर अच्छा लग रहा था। अब तक बोलते हुए, लड़के की आवाज में जो कँपकँपी थी, इस वाक्य में पूरी तरह गायब हो चुकी थी। उसने उस क्षण सोचा था कि बस काम बननेवाला है।

निन्नी के होनेवाले पति ने सिर झुका लिया था और अपने हाथों, उसे थामे थोड़ी देर बैठा रहा—सोचता। कमरे में चुप्पी बैठी रही।

"मैं तो फँस गया...वह मुझे कह सकती थी...उसने कुछ नहीं कहा...मेरी नौकरी अभी लगी है इस कारखाने में...उन लोगों ने ही पच्चीस हज़ार दिया है नौकरी के लिए...मैं कहाँ से उसे वापस करूँगा..." निन्नी का होनेवाला पति यह बात खुद से कह रहा था या उस लड़के से कोई नहीं समझ सकता था।

पच्चीस हज़ार तो मैं भी नहीं ला सकता कहीं से—लड़के ने मन-ही-मन सोचा। होता तो इसके मुँह पर फेंक देता कि यह रख—वह मेरी है।

"...पच्चीस हज़ार वापस करना होगा...तभी यह शादी टूट सकती है..." हताशा में डूबी, निन्नी के होनेवाले पति की आवाज थी..."मैं नौकरी वापस कर दूँ तो भी पच्चीस हज़ार तो वापस नहीं मिलेंगे..."

निन्नी के होनेवाले पति का सिर, अब भी उसकी हथेलियों में था। अब सब चुप बैठे थे। लड़का, उसका दोस्त जिसने अब तक एक वाक्य नहीं कहा था और निन्नी का होनेवाला पति! तखत पर बूढ़ी स्त्री का काँपता सिर भी चुप था : अचानक रुक गया पैंडूलम। थोड़ी देर बाद लड़के ने अपने दोस्त को इशारा किया। वे उठे और उस कमरे से बाहर आ गए—बिना कोई आवाज़ किए। निन्नी के होनेवाले पति को उनकी अनुपस्थिति तभी पता चली, जब बहुत देर बाद उसने सिर उठाया था तो सामने कुर्सियों को खाली पाया था।

पति के घर की खिड़की से बाहर देख रही निन्नी के ठीक सामने, मैदान में खेल रहा एक छोटा बच्चा और एक छोटी बच्ची–अचानक उस दिन के निन्नी और उसके पति में बदल गए। बच्ची, निन्नी हो गई और वह बच्चा, निन्नी का पति। मैदान में वह कमरा उग आया जिसकी खिड़की पर निन्नी खड़ी थी, उगे कमरे की बन्द खिड़की के भीतर निन्नी के लिए पहली रात, पति का पहला वाक्य उगा, ''प्रेम को जानती हो?''

निन्नी चुप।

''जानती हो उसे?'' पति ने फिर पूछा–आवाज पहले से ज़्यादा तेज और कठोर थी।

''हाँ, जानती हूँ।'' निन्नी ने कहा था।

''तो अब मैं तुम्हें नहीं जानता।'' पति ने कहा और लौट गया था।

तब से वह अपनी माँ के तखत के नीचे बिस्तर लगाकर सो रहा है। घर का पहला ही कमरा अँधेरे से भरा हुआ है। निन्नी हर रात अपनी देह को लेकर पति की देह का इन्तजार करती रहती है। बिना खटकों के दरवाजा खटकता है, पर वह नहीं आता जो उसका पति है। घर के सारे कमरे दिन में भी अँधेरे में डूबे रहते हैं।

पति 'नाइट शिफ्ट' से लौटा था और अपनी माँ की तखत के नीचे, बिस्तर लगाकर सो रहा था–हमेशा की तरह। निन्नी के साथ सोने में उसे परहेज था, जैसे किसी का जूठा खाने में किसी को परहेज हो–यह जाने बिना कि जिसे वह जूठा समझ रहा है, वह जूठा है भी या नहीं। यह भी हो सकता है कि 'जूठा' एक बहाना हो–पति इस लायक ही न हो कि साथ सो सके। क्या यह नहीं हो सकता कि वह असमर्थ-पौरुष का हो और अपनी कमजोरी छिपाने के लिए, लड़के से निन्नी का प्रेम, एक बहाना बन गया हो? क्योंकि निन्नी ने कई बार, अपने पति को रागझाने की कोशिश की है कि जैसा तुम समझ रहे हो, वैसा कुछ नहीं रहा है उसके साथ मेरा–हम बस दोस्त रहे हैं...और इसमें बुराई क्या है...मैं नहीं चाहूँ तो मुझे कोई नहीं छू सकता...मुझे छूने रो पटले किसी आदमी को, मेरे मन को छूना होगा...पर तुम मुझे छू सकते हो बिना मेरे मन को छुए...तुम मेरे पति हो...छू सकते हो...पति को जैसे निन्नी की बात नहीं सुननी थी तो उसने नहीं सुना। कई टुकड़ों में बोले जा सके हैं–ऊपर के वाक्य कि पति निन्नी के वाक्यों

को हमेशा झटकता-भागता चला गया है। तीन माह हो गए हैं और निन्नी के पास बस, पति की पीठ है जो निन्नी के लिए अब पति का चेहरा हो गई है। कितनी खराब बात है कि वह अपने पति को सोचती है—उसके रहने पर या न रहने पर तो भी पति का चेहरा याद नहीं कर पाती है। उसकी थोड़ी झुकी-सी पीठ उसे दिखती है—वह भी नंगी नहीं, कमीज से ढँकी—नीली, कत्थई, सफेद चेकवाली कोई कमीज पहनी पीठ—कारखाने के धुएँ में डूब और उभर रही।

निन्नी के बनाए खाने से पति को परहेज नहीं है। वह उसे भरपेट खाता है और स्वाद लेकर। तारीफ कभी नहीं करता है कि उसके मन में तारीफ की कोई गुंजाइश नहीं है। यह जो नींद, अपनी माँ के तखत के नीचे से, वह कमरे में और कमरे के बाहर बिखेर रहा है—वह भरपेट की नींद है। निन्नी सिर्फ खाना बनाती है, परसकर पति खुद खाता है। वह परसने अगर खड़ी हो जाए तो पति वहाँ से गायब हो जाता है और खाना परसा पड़ा रहता है, फिर उस दिन वह खाना नहीं खाता है। उसकी माँ को जरूर निन्नी अपने हाथों खिलाती है। बुढ़िया बेचारी के हाथ, कौर को मुँह तक नहीं पहुँचा सकते हैं। उसने एक बार, नहीं मालूम होने पर, बूढ़ी के हाथों में कौर दे दिया था तो बूढ़ी का पूरा चेहरा उस कौर से लिथड़ गया था। (दोनों माँ-बेटे का चेहरा उसके बनाए खाने से लिथड़ा हुआ है...ध्यान से देखो, दिखेगा!)

अपने कमरे से बाहर देखती निन्नी सोच रही है कि मैं यहाँ क्यों हूँ? क्या हूँ यहाँ मैं—उसकी माँ की आया या उसकी नौकरानी जो बर्तन माँजे, खाना बना कर उसे दे और उसकी माँ को खिलाए? उसे लगा कि वह यहाँ क्यों है? ठीक इसी जगह पर, ठीक इसी कमरे में जो उसके पति के खर्राटों से भरी दुपहरी—उस कमरे के साथ-साथ अँधेरे में डूब जाता है, जिसमें पति और उसकी माँ सोते हैं। निन्नी ने अपने उस शहर को सोचा जहाँ से वह आई थी, जिसके बारे में उसे पता नहीं था कि आज से बीस साल बाद यह राज्य टूटकर छोटा हो जाएगा और उसका शहर एक नए बने राज्य की राजधानी बन जाएगा। उसने, अपने घर को सोचा तो बकरी चेहरेवाली मौसी का चेहरा नहीं सोच पाई थी। वह चेहरा जो सोचने के लिए अलग होने के कारण हमेशा आसान बना रहता है—आज गायब था। घर से, बाकी सबके चेहरे आए, बारी-बारी और थोड़ी-थोड़ी देर रुककर चले गए, बारी-बारी। सबको देखने के बाद उसने फिर मौसी के चेहरे को याद करने की कोशिश की तो वह फिर नहीं आया। मौसी की पूरी देह आ गई, पर चेहरा नहीं आया—निन्नी के बार-बार कोशिश के बावजूद नहीं।

निन्नी ने अपने मोहल्ले को सोचा और सोचने में अपने घर की खिड़की से

बाहर देखा तो आश्चर्य कि घर के सामने पानी की टंकी नहीं थी। टंकी की जगह जमीन पर पानी का बड़ा-सा गोल घेरा बना था–गीला और इतना बड़ा कि पूरे मोहल्ले के मकान उसके भीतर आ गए थे। नहीं था, मकानों की पंक्ति का वह बन्द पहला मकान और मकानों की पंक्ति दूसरे मकान से शुरू हो गई थी। नहीं था, वहाँ गुलमोहर का वह पेड़ जो निन्नी को देखता रहता था। पेड़ की जगह गुलमोहर का सूखा तना था–टूटा और चहारदीवारी पर गिरा पड़ा।

सबसे आखिरी में, निन्नी ने अपनी माँ को सोचा जो दुख के घेरे में घिरी, उस घर में, इस कमरे से उस कमरे–उसे डोलती-फिरती दिखी। वह अकेली उनके बीच थी–मामा, मामी और उनकी तीन बेटियों के, जिनके सिर पर नुकीली सींगें थीं और वे माँ की ओर बढ़ रहे थे, अपनी सींगों को आगे किए–गोल घेरे में। माँ का चेहरा, जब निन्नी के सोचने में आया तो बहुत देर ठहरा रहा। निरीह और उदास चेहरा, जिसमें निन्नी, अपने लिए कोई छाया नहीं ढूँढ़ सकती थी। माँ का चेहरा, धीरे-धीरे धुँधलाता गया। फिर पूरी तरह मिट गया। निन्नी मुस्कुराई–माँ के मिटते चेहरे को देखकर, जैसे माँ से छूट रही हो।

खिड़की से बाहर सड़क पर खेलते बच्चे गायब थे–उन्हें उनके घरों ने बुला लिया था। स्त्रियाँ सुबह से चल रहे घर के काम से थककर, दुपहर की नींद में थीं। सड़क सन्नाटे और दुपहर में डूबी हुई थीं–उस छोटे से शहर के साथ। निन्नी पलटी तो उसकी कमरे में पति के खर्राटों से भरा घना अँधेरा था–जो उस दूसरे कमरे से आया था, जहाँ अपनी बैठी हुई माँ के तखत के नीचे पति सो रहा था और जिसे खुली खिड़की भी दूर नहीं कर पा रही थी। निन्नी को अचानक लगा कि वह पति के खर्राटे के अँधेरे में डूब रही है। उसने छत पर घूमते पंखे को देखा और बहुत देर देखती रही। पंखा और लड़की जैसे एक-दूसरे को देख रहे थे। निन्नी अपने गले में लटक रही चुन्नी को कसकर पकड़े हुए थी...

निन्नी का पति, शाम को सोकर उठा, जब बाहर से अँधेरे के झपट्टे दरवाजे पर पड़ने लगे थे। उसे चाय की तलब हुई। उसने निन्नी के कमरे के बन्द दरवाजे को थपथपाया और थोड़ी देर इन्तजार करता रहा। पर दरवाजा नहीं खुला। रोज होता यह था कि वह थपथपाता और दरवाजा खुल जाता था, जैसे दरवाजा उसके थपथपाने का इन्तजार कर रहा हो और निन्नी खुले दरवाजे से उसकी ओर देखकर मुस्कुराती कि जवाब में वह भी मुस्कुराए और निन्नी का पति कभी नहीं मुस्कुराता था।

निन्नी के पति ने दरवाजा फिर थपथपाया। नहीं खुला। उसने फिर दरवाजे को भड़भड़ाया, नहीं खुला। वह फिर दरवाजे को पीटने लगा। पीटने से पैदा हुआ

शोर, पति को झकझोरता बैठक में भर गया और उस शोर में उसकी माँ की काया तखत सहित डूब गई—पर दरवाजा नहीं खुला। आखिरकार दरवाजा तोड़ा गया और निन्नी दिखी—पंखे में लटकती। पति की ओर देखकर वह वैसे ही मुस्कुरा रही थी, जैसे दरवाजा खोलते ही या पति के सामने पड़ते ही मुस्कुरा देती थी और जवाब में पति की मुस्कान की जगह उसका कठोर चेहरा पाती थी। पर वह अब तक, मुस्कुराते-मुस्कुराते थकी नहीं थी और अब भी लटकी हुई मुस्कुरा रही थी।

लटकी हुई निन्नी के पैरों के नीचे, बिस्तर पर, पेन से दबा एक पन्ना फड़फड़ा रहा था, उसमें निन्नी का लिखा एक वाक्य था कि समझ में नहीं आ रहा है कि इस देह का क्या करूँ?

उसी दुपहर, उसी समय जब निन्नी की साँसें पंखे से लटककर टूटने लगी थीं—वह लड़का जो कभी उसका प्रेमी था, एक दूसरी लड़की के साथ रावण के पुतले के नीचे बैठा था और रावण, थोड़ी देर पहले ही उस लड़की की देह से चिपके होने के कारण, अपनी जाँघों में सनसनी महसूस कर चुका था और अब प्रेम में डूबी आँखों से उस दूसरी लड़की को देख रहा था। निन्नी के प्रेमी ने उस दूसरी लड़की की हथेली पर 'प्रेम' लिख दिया था।

उसी दुपहर, ठीक उसी समय जब निन्नी की साँसें पंखे से लटककर टूटने लगी थीं—बकरी चेहरेवाली निन्नी की मौसी हथेली में आटे की लोई लिए अपनी खिड़की के उन छेदों को बन्द कर रही थीं आटे से—जिनसे बाहर की दुनिया उनके पास आती थी। सारे छेदों को बन्द करने के बाद मौसी ने दरवाजा भी बन्द कर लिया था और कमरे के बीचोबीच पालथी मारकर बैठ गई थी—मृत्यु का इन्तजार करती और जैसे-जैसे मृत्यु उनके पास आती गई, उनका बकरी चेहरा स्त्री के सुन्दर चेहरे में बदलता गया। वे ठीक उस समय मरीं, जब निन्नी मरी और कोई नहीं पहचान पाया कि वह वही मौसी है जो जीवनभर बकरी के चेहरे के साथ रही है। जो मरी थी, वह एक सुन्दर स्त्री थी।

उसी दुपहर, ठीक उसी समय, जब निन्नी की साँसें पंखे से लटककर टूटने वाली थीं—उसके घर के सामने की पानी टंकी शोर करती भरभराकर गिर पड़ी थी। मकानों की पंक्ति का पहला मकान—गुलमोहर के पेड़ के साथ, पानी की टंकी के नीचे आ गया था और ध्वस्त हो गया।

उसी दुपहर, ठीक उसी समय, जब निन्नी की साँसें पंखे से लटककर टूटने वाली थीं—उसके घर की वह खिड़की, जिससे निन्नी पानी की टंकी, सूने मकान और गुलमोहर के पेड़ को देखती थी—इस तरह बन्द हो गई थी कि बहुत चाहो तो भी खिड़की से बाहर का कुछ भी दिखना अब मुश्किल हो गया था। अब

खिड़की से बाहर देखो तो दिन दोपहर भी अँधेरा दिखता था। दरवाजे से—घर के लोग बाहर देखते थे तो पानी की टंकी, सूने मकान और गुलमोहर के पेड़ का मिला-जुला मलबा दिखने लगता था। वहीं उस खिड़की को खोलकर बाहर देखो तो अँधेरा दिखता था। निन्नी की खिड़की से निन्नी के मामा, मामी और उनकी तीनों बेटियाँ, इतने परेशान और भयभीत हो गए थे कि आखिरकर इन लोगों ने निन्नी की खिड़की से देखना ही बन्द कर दिया था—उस खिड़की से जिससे, निन्नी ने कभी अपना जीवन देखा था। निन्नी की माँ अब उस कमरे में रहने लगी थी जिसमें बकरी चेहरेवाली उनकी बहन कभी रहती थी और उनका चेहरा—अपनी बहन के चेहरे की तरह 'बकरी का चेहरा' हो गया था...

उस लड़की का प्रेम किसी बच्चे का अधखाया फल था—अमरूद का, जिसे बच्चे ने कड़ा और कसैला होने के कारण अधूरा खाकर फेंक दिया था, जिसमें, मिट्टी और नमी ने, फफूँद रच दी थी। जिसे सूरज ने फफूँद सहित सूखा दिया था। उसका प्रेम धरती पर पड़ा, बरसों से सूख और भीग रहा है—पर अब तक नष्ट नहीं हुआ है...

सवारी गाड़ी के दृश्य

"तुम्हें और कोई ट्रेन नहीं मिली?" पत्नी ने चिढ़कर पति से कहा। पति ठीक उसकी बगल में बैठा था। पति का चेहरा झटके से मुड़ा और पत्नी को घूरने लगा। पत्नी, पति के घूरने को झटककर, खिड़की के बाहर देखने लगी। पति ने सिर झुका लिया तो उसे अपनी हथेलियाँ दिखीं—अपने घुटनों पर पड़ी हुई। उसकी दाहिनी हथेली अँगूठियों से भरी हुई थी—जिसमें वे नग थे, जो आसमान में चमकते नक्षत्रों को प्रभावित करते थे—उसके लिए। बाईं हथेली की अँगुलियाँ सूनी थीं, इसलिए बाईं हथेली बंजर लग रही थी। कोई नहीं कह सकता था कि दाईं और बाईं एक ही आदमी की हथेलियाँ हैं।

उन दोनों की सात बरस की बेटी—खिड़की से चिपकी बैठी बाहर के दृश्यों में थी। पति-पत्नी की ओर उसकी 'पोनीटेल' चोटी थी—खिड़की से आती हवा में काँपती-लहराती। बाहर, भागते दृश्य थे : गाड़ी की भागती खिड़की से विपरीत भागते। सिर पर 'पोनीटेल' ली हुई, वह सात बरस की बच्ची, ट्रेन छोड़कर खिड़की से बाहर उतर रही थी बार-बार—मनचाहे दृश्य में। पति-पत्नी को जो एक-दूसरे से अभी-अभी दुखी हुए थे—यह पता नहीं था कि खिड़की पर बैठी उनकी बेटी, बाहर भागते दृश्यों में, एक दृश्य से दूसरे दृश्य पर कूदने का खेल, खेल रही है। उसके नन्हे पैरों के नीचे से, जब एक दृश्य पीछे छूटता है तो वह पास आते दूसरे दृश्य पर कूद पड़ती है। वह गाड़ी के समानान्तर भाग रही है—एक दृश्य से दूसरे दृश्य पर कूदती हुई। दृश्यों पर उसकी नन्ही पायल के घुँघरू बज रहे हैं...दृश्य घुँघरू पहन रहे हैं कि नाच सकें नन्हे पैरों के साथ।

पति-पत्नी को यह याद नहीं था कि उन्होंने इससे पहले सवारी गाड़ी में कब यात्रा की थी। उनकी बेटी के बारे में यह पक्का था कि उसने सवारी गाड़ी में इससे पहले कभी यात्रा नहीं की थी। उन तीनों ने सवारी गाड़ी को इधर-से-उधर होते कई बार देखा था। कई बार किसी 'फास्ट ट्रेन' के निकल जाने का इन्तजार करते, किसी छोटे मामूली से स्टेशन में, वह उन्हें खड़ी दिखी थी। उन तीनों ने

अब तक सवारी गाड़ी को इस तरह देखा था, जैसे कोई उस चीज को देखता है जो उसके जीवन में फालतू है : किसी काम की नहीं। ठीक उसी तरह, जैसे गेहूँ में पड़ा कंकड़ है...ठीक उसी तरह, जैसे पेड़ के नीचे पड़े सूखे पत्ते हैं कुचले... ठीक उसी तरह, जैसे बहुत सोचने पर भी याद नहीं आ रहा नाम है...ठीक उस पुकार की तरह, जिसे सुनकर भी नहीं सुनना है...

पति, एक निजी कम्पनी में बड़ा अधिकारी है तो कम्पनी के काम से वह लगातार यात्राओं पर रहता है। पर वे यात्राएँ, हमेशा तेजगति की ट्रेनों के वातानुकूलित डिब्बों में होती हैं या आमतौर पर हवा के जहाजों पर वह उड़ता है। उसका समय बहुत कीमती है : एक-एक क्षण। कम्पनी उसके जीवन के एक-एक क्षण का इस्तेमाल करना चाहती है—अपने लाभ के लिए। वह एक सूटबूट में सजा बैल है जिसे अलग-अलग जगह के खेतों की जोताई के लिए हवा के जहाज से भेजा जाता है और जहाँ हवा के जहाज नहीं जाते, वह वातानुकूलित ट्रेन से जाता है। यह सुविधा कम्पनी इसलिए देती है कि वह जल्द पहुँच सके और तरोताजा बना रहे और जोताई ठीक से कर सके।

पति के गले में जो मोबाइल फोन लटकता दिख रहा है और अभी बहुत चुप लग रहा है क्योंकि सवारी गाड़ी ऐसे छोटे गाँवों, पहाड़ों, नदियों और मैदानों के बीच से गुजर रही है जिसे मोबाइल का 'कवरेज' छू नहीं रहा है, नहीं तो उसका मोबाइल हमेशा बजता रहता है। चाहे वह मित्रों के पास रहे, बेटी के पास रहे, सोता रहे, जागता रहे, हँसता रहे, रोता रहे। निजी बातचीत में पूरे वाक्य वह मोबाइल के कारण शायद ही कभी बोल पाता है। मोबाइल जब उसे निजी क्षणों में वापस भेजता है—तब तक निजी क्षण और उनकी बात टूट चुकी रहती है। वह देर रात, पत्नी के साथ संभोगरत रहता है, तब भी मोबाइल बज उठता है और उसके निजी क्षणों को तोड़ डालता है। उसके पूरे जीवन में चलो तो निजी क्षणों के किरचों की चुभन महसूस होती है। पर कम्पनी का अधिकारी, यह पति इस तरह नहीं सोचता है। वह सोचता है कि सम्बन्धों की निकटता से जरूरी है अर्थ का उत्पादन। अर्थ की डोर से सम्बन्ध बँधे रहेंगे तो बचे रहेंगे। इसलिए वह मोबाइल फोन की तरंगों पर सवार तेज गति से दौड़ता है—अपने जीवन के भीतर। इसलिए जीवन में आए बहुत से निजी सम्बन्ध, तेजी से गुजरते दृश्य की तरह उसे दिखते रहते हैं—धुँधले। वह उनके भीतर नहीं रह पाता है—अपनी बेटी की तरह जो सवारी गाड़ी में बैठे हुए भी बाहर के दृश्यों में है। पर सम्बन्धों में नहीं रहने और सवारी गाड़ी के भीतर नहीं रहने में बहुत अन्तर है। (मोबाइल फोन ने आदमी को सबकी पकड़ के भीतर ला दिया है—बस, आदमी की पकड़ अपने

से छूटती जा रही है।)

तो यह परिवार जो धोखे से, अभी सवारी गाड़ी में दिख रहा है, पूरी तरह तेज गति और वातानुकूलन का आदी हो चुका है। कम्पनी की ओर से उन्हें जो फ्लैट मिला है—'थ्री बीएचके' का है और सारे कमरों में 'ए.सी.' है। कार 'ए.सी.' है—लम्बी और महँगी। ड्राइवर है जो सफेद धब्बे की तरह उनके जीवन में तैरता रहता है। (दरअसल, ड्राइवर की सफेद ड्रेस और सफेद कैप से बना सफेद धब्बा तो हमेशा अपनी सफेद चमक बनाए रखेगा—चाहे उसके भीतर किसी भी आदमी को ड्राइवर बनाकर डाल दो।)

जिस शहर में यह परिवार रहता है, वह इस देश के महानगरों में से एक है और मनुष्यों, दूषित हवा और धूल से, इस तरह रोज भरता जा रहा है कि परिवार को 'ए.सी.' कमरों से निकलकर, 'ए.सी.' कार के बन्द काँचों के भीतर चैन मिलता है और परिवार कभी ऐसी जगह पर रुकना पसन्द नहीं करता है जहाँ 'ए.सी.' न हो। दुकान, सिनेमा या होटल या किसी परिचित का घर जहाँ 'ए.सी.' है वहाँ चैन है। इतनी सावधानी के बावजूद, परिवार धूल खाने और दूषित हवा को पीने से नहीं बच पा रहा है। एक जगह से दूसरी जगह और घर से कार के बीच—बिना 'ए.सी.' की छोटी-बड़ी कई जगहें मिलती हैं जो उन तीनों को अपने गिरफ्त में ले लेती हैं और धूल और दूषित हवा, उस परिवार पर टूट पड़ती है—कुछ इस तेजी से कि 'ए.सी.' में बन्द होने से पहले परिवार को पकड़ना जरूरी है। क्योंकि ऐसे परिवार कम समय के लिए, मुश्किल से पकड़ में आते हैं। यह देश ऐसे लोगों से भरा पड़ा है जो धूल और दूषित हवा को पीते जी रहे हैं और उसकी बिलकुल परवाह नहीं करते हैं। इसलिए धूल और दूषित हवा को उन परिवारों की ओर लपकना अच्छा लगता है जो 'ए.सी.' की जगहों से बाहर आते हैं—फिर 'ए. सी.' की जगहों पर बन्द होने के लिए। इसलिए होता यह है कि निजी कम्पनी का यह अधिकारी, तो ज्यादा नहीं, पर उसकी पत्नी और बेटी अक्सर बीमार पड़ती रहती हैं। पति कहता है कि यह धूल और दूषित हवा से भरा शहर, रहने लायक नहीं है। यह, वह हमेशा तब कहता है, जब उस शहर में रहता है। अभी वह सवारी गाड़ी में बैठा हुआ है और उसकी पत्नी कह रही है कि यह गाड़ी उनके बैठने लायक नहीं है। नहीं रहने लायक शहर में वे रहते आ रहे हैं, जैसे अभी नहीं बैठने लायक सवारी गाड़ी में बैठकर वे यात्रा कर रहे हैं। (पति को आज तक यह कभी नहीं लगा है कि वह एक नहीं करने लायक नौकरी को कर रहा है और न ही उसकी पत्नी को यह लगता है कि उसका पति नहीं करने लायक नौकरी में अपने जीवन का और उसके हिस्से का अधिकांश समय गिरवी रख चुका है।)

आज उन तीनों को सवारी गाड़ी की यात्रा मजबूरी में करनी पड़ी है। आरकू वेली जहाँ वे कम्पनी के सौजन्य से घूमने गए थे—वहाँ से और कोई साधन नहीं मिला। आरकू पहाड़ों से घिरी एक छोटी-सी जगह थी जो दिसम्बर के अन्तिम दिनों में सैलानियों से भरी हुई थी, इतनी कि कहीं से आरकू वेली नहीं लग रही थी और न ही दिख रही थी। पहाड़ तक सैलानियों से ढँके और परेशान थे, जैसे आरकू छोड़ कहीं और भाग जाना चाह रहे हों कि किसी सुनसान जगह को देख-परख एक नई 'वेली' रच सके। कम्पनी के सौजन्य से लालीपाप के भीतर, विशाखापट्टनम में कम्पनी के एक काम का, कड़वापन था जिसे अधिकारी निपटाते हुए यहाँ पहुँचा था और बीच में उसे, वहाँ मोबाइल करना पड़ता रहा है और वहाँ से आई कॉल को रिसीब करना। कम्पनी के सौजन्य से रची, यह अवकाश यात्रा, मोबाइल कॉलों से जहाँ-तहाँ पंच होती रही है। उसकी पत्नी को मोबाइल कॉल्स की आदत पड़ चुकी है, फिर भी अवकाश में हुए छिद्रों से वह बौखलाई हुई है और फिर सवारी गाड़ी की यात्रा से, पत्नी का आपा खो चुका है। असल में जिस गाड़ी के 'ए.सी.' डिब्बे में, इस परिवार का रिजर्वेशन था—वह अचानक रद्द हो गई थी और 'आरकू वेली' में एरोड्रम नहीं था तो परिवार का मन तो उड़ा, पर परिवार को लेकर कोई हवा का जहाज नहीं उड़ पाया। रद्द हुई ट्रेन विशाखापट्नम के यार्ड में खड़ी थी—स्टेशन की गहमागहमी से दूर जैसे आराम कर रही हो। इन तीनों को आराम करती ट्रेन आरकू वेली से नहीं दिख पा रही थी जिसके 'ए.सी.' डिब्बे में उनका आराम छूटा रह गया था।

तो बस यह सवारी गाड़ी बची थी जो रास्ते में पड़ रहे हर स्टेशन पर, इस तरह ठिठककर रुक रही थी, जैसे कोई पुराना परिचित मिल गया हो। सवारी गाड़ी हर स्टेशन पर यह सावधानी बरत रही थी कि कोई उतरने से रह न जाए जो उतरना चाहता है और कोई चढ़ने से रह न जाए जो चढ़ना चाहता है। सवारी गाड़ी का सबके चढ़ जाने के बाद, चलने का मन बना और उसने धीरे-धीरे सरकना शुरू ही किया कि एक आदमी सवारी गाड़ी को दूर से दौड़ता आता दिख गया और सवारी गाड़ी धीमी पड़ने लगी इतनी कि वह आसानी से चढ़ सके। सवारी गाड़ी की ओर दौड़ते आदमी के सिर पर हमेशा गठरी या भरी हुई टोकनी या काँधों पर लकड़ी के गट्ठरों को सम्हालता काँवर रखा रहता है। दौड़ता आदमी, हमेशा हाँफता और अपनी साँसों को सम्हालता और साँसों से अधिक अपने सिर या काँधे या मन पर लदे बोझ को सम्हालता, सवारी गाड़ी की ओर दौड़ता आता है और सवारी गाड़ी धीमी पड़ती जाती है।

सवारी गाड़ी एक-एक औरत, एक-एक आदमी और एक-एक बच्चे की

परवाह कर रही है और ये ऐसे औरत, आदमी और बच्चे हैं—जिनकी परवाह कोई नहीं कर रहा है। वे लोग तो बिलकुल नहीं जो चीख-चीख कर यह कह रहे हैं कि वे इस देश में सिर्फ इसलिए हैं कि इन लोगों का ध्यान रख सकें। ये लोग फटेहाल जीवन में चिथड़ों-से उड़ रहे हैं और किसी को इनकी परवाह नहीं है। सवारी गाड़ी एक ऐसी गाड़ी है जो समय से ज़्यादा मनुष्य की परवाह कर रही है कि जैसे मानती हो कि मनुष्य के होने पर घट रहा है यह समय कि समय के होने पर नहीं घट रहा है यह मनुष्य...

जिस लम्बी सीट पर वे तीनों बैठे थे—पति, पत्नी और उसकी सात बरस की बेटी—वह लकड़ी की भूरी पट्टियों से बनी थी और उसमें लोगों के लगातार बैठने की चमक ठहरी हुई थी। पर सच यह था कि गाड़ी की ये सीटें, उन तीनों के लिए, आरामदेह नहीं थीं : गड़ रही थीं। इन पर बहुत देर नहीं बैठा जा सकता था। जमीन पर बैठने की आदी देह के लिए यह अच्छी सीटें थीं, पर सोफे के गुदगुदे में बैठने की आदी देहों को ये सीटें तकलीफ दे रही थीं। भूरी पट्टियों से बनी, सीट पर बैठे-बैठे पति ने सोचा कि बरसों हो गए, मैं उकड़ूँ नहीं बैठा हूँ। पालथी मारकर जमीन पर बैठना तो उकड़ूँ बैठने से भी बहुत दूर, उसे अपने भीतर दिख रहा था। अब उस दूर दिखते, अपने बैठने को (जब वह अपने भाई-बहनों के साथ पालथी मार, खाने बैठता था, अपनी माँ के सामने—जमीन की फर्श पर) उसने याद किया। उसकी इच्छा हुई कि वह अपने पाँव ऊपर खींचे और सीट पर ही पालथी मारकर बैठ जाए। उसने इच्छा को धकेला—आसपास बैठे यात्रियों के भय से कम, अपनी पत्नी के भय से ज़्यादा और उससे भी ज़्यादा अपने अधिकारी होने के भय से। बरसों पहले गुजर चुका बचपन—इस तरह की इच्छाएँ उसके भीतर जगा रहा था जो इतना गरीब था कि इस सवारी गाड़ी के फर्श पर उकड़ूँ बैठे यात्रा कर रहे, किसी भी आदमी के बचपन से थोड़ा भी अच्छा नहीं रहा था। वह सात भाई-बहनों में चौथा था—पर पढ़ाकू। चिमनी की रोशनी में पढ़-पढ़कर, उसने लम्बी छलाँग लगा ली थी और अपने भाई-बहनों को गरीबी और छोटे-मोटे कामों के गड्ढे में, छोड़कर वह बाहर आ गया था। वह उन्हें भूल जाना चाहता था, पर वे हमेशा उसकी याद में कौंध जाते थे—जैसे अभी-अभी सवारी गाड़ी में, वह अपने भाई-बहनों को, एक बड़े और उथले गड्ढे में उकड़ूँ बैठा देख रहा है—थके और सिर झुकाए भाई-बहन। उनके धूल से भरे सिर एक जैसे लग रहे

हैं। कौन किस भाई और बहन का सिर है पहचानना मुश्किल है। (अगर उसके भाई-बहनों में से कोई भी, उसकी नौकरी की दुनिया के भीतर आ जाए और उसे पुकारे—भाई, तो वह इस तरह दिखेगा कि जैसे नहीं पहचान रहा है।)

डिब्बा ज्यादा भरा हुआ नहीं था। पर पूरे डिब्बे में, पहले बैठे यात्रियों का छोड़ा कचरा, पति-पत्नी और उसकी बेटी के पैरों के आसपास और डिब्बे में यहाँ-वहाँ बिखरा पड़ा था। मूँगफली और चनाबूट के छिलके, मुड़े-तुड़े कागज और पानी जो इधर-उधर टेढ़ी-मेढ़ी शक्ल में पड़ा हुआ था और गाड़ी के चलते ही थरथरा रहा था। गाड़ी की फर्श पर पड़ा, कुछ कचरा ऐसा भी था—जिसकी पहचान वह साफ-सुथरा आदमी नहीं कर पा रहा था, बरसों पहले कभी उसने देखा भी होगा तो अब भूल गया था। अपने जीवन को याद रखने का समय ही पास कितना था, सारा समय वह कम्पनी को बेच चुका था। यहाँ तक कि बेटी और पत्नी के लिए, वह बेचे जा चुके समय से समय चुरा रहा था।

पति ने पत्नी की ओर देखा, वह बेटी के सिर पर हाथ फेर रही थी। पत्नी का ध्यान पति की ओर बिलकुल नहीं था। सामने एक युवा जोड़ा बैठा था, जिसके पास, अपने अलावा किसी की उपस्थिति शेष नहीं थी। प्रेम गन्दगी के ढेर पर बैठकर भी किया जा सकता है, क्योंकि प्रेम के नीचे गन्दगी का ढेर गुम जाता है। पति ने गौर से उस जोड़े को देखा। लड़की का चेहरा गोरा और इतना भरा हुआ था कि जैसे वह अपने बचपन के गोल-मटोल चेहरे को जवानी तक ले आई हो। लड़का जो साँवला और लड़की से असुन्दर था—उस पर झुका-सा था। पति को लगा कि यह थोड़ा और लड़की की ओर झुकेगा तो उसे चूमता हुआ दिखेगा। उसने अपनी बेटी की ओर देखा, वह बाहर दृश्यों में थी। उसने पत्नी की कोहनी को अपनी कोहनी से जगाया—जोर से दबाते हुए और युवा जोड़े की ओर इशारा किया—आँखों से। पत्नी मुस्कुराई। पति को अच्छा लगा कि वे अब कुछ देर सहज होकर बैठ सकते हैं। कम-से-कम तब तक कि पत्नी किसी बात पर फिर नाराज न हो जाए।

उस परिवार के सामने बैठे, युवा जोड़े के अलावा, बाईं ओर की खाली, अकेली, एक-दूसरे के आमने-सामने की दो सीटों में से एक पर, एक बूढ़ा आदमी बैठा था और जिसका चेहरा इतना खुरदुरा था कि जैसे किसी ने उसका सिर पकड़कर, चेहरे को पत्थर से रगड़ दिया हो कि कठिन जीवन ने खुरदुरे समय पर उसका सिर रगड़ दिया था। ऐसा लग रहा था कि वह बूढ़ा आदमी, सारा जीवन अपने चेहरे के बल चलता आ रहा हो। उसके पास एक गठरी थी जिसे गोद में रखा वह ऊँघ रहा था। गठरी को वह सामने की खाली सीट पर या ऊपर सामान

रखने की सँकरी पट्टी पर रख सकता था, पर उसने नहीं रखा था। ठंड से बचने के लिए बूढ़े ने जो मिले वे कपड़े, एक के ऊपर एक पहन रखे थे—जिससे उसकी देह से कई कपड़ों के उघड़े हुए रंग झाँक रहे थे। फटी कमीज के ऊपर—फटी कमीज। फटे स्वेटर के ऊपर—फटा स्वेटर। कई फटी कमीजें मिलकर, बूढ़ी देह पर एक कमीज बना रही थीं और कई फटे स्वेटर मिलकर एक स्वेटर। पतलून एक थी। पतलून के ऊपर दूसरी पतलून नहीं थी। पर अगर वह उठे तो उसकी पतलून के पीछे बैठने की जगह पर कपड़े का टुकड़ा सिला हुआ दिखेगा। उस बूढ़े को देख कोई भी कह सकता था कि उसने अपने कपड़ों सहित बरसों पानी को नहीं देखा है। वह बूढ़ा डिब्बे को अपनी देह की बू से भर रहा था। डिब्बे में बूढ़े के आस-पास बैठे, उस तीन लोगों के परिवार और उस युवा जोड़े को यह पता नहीं था कि उस बूढ़े आदमी के कपड़ों में कोई जेब नहीं है। उसकी हथेली ही उसकी जेब है। वह हथेली फैलाकर माँगता है। कुछ मिलता है तो मुट्ठी बाँध लेता है। मुट्ठी फिर खोलता है—किसी दूसरे आदमी के सामने तो पहले मिले सिक्के के ऊपर एक सिक्का फिर गिरता है और हलके से बजता है—पहले मिले सिक्के से टकराकर और बूढ़ा मुट्ठी को बन्द कर लेता है—जैसे सिक्के के बजने की आवाज को बन्द कर रहा हो। हथेली इतनी कभी नहीं भरती कि मुट्ठी बाँधना कठिन हो जाए—उससे पहले ही बूढ़े के पैसे खर्च हो जाते हैं। सवारी गाड़ी बिना जेब के कपड़ेवाले इस बूढ़े को, बिना टिकट वहाँ तक ले जा रही है जहाँ तक वह खुद जा रही है या जहाँ तक उस बूढ़े का मन जा रहा है।

डिब्बा बूढ़े की बू से धीरे-धीरे भर रहा है। धीरे-धीरे बू, पति और पत्नी को छू लेगी। पहले वे नाक-भौं सिकोड़ेंगे—हो सकता है, पत्नी उल्टी कर दे, पर आखिरकार वे बू के आदी हो जाएँगे, इस लम्बे सफर में। उनकी बेटी तक बू नहीं पहुँचेगी—खुली खिड़की से भीतर आते दृश्य बू को बेटी के चेहरे से पोंछते जाएँगे। युवा जोड़े के प्रेम के घेरे के बाहर बू ठिठकी खड़ी रहेगी।

सवारी गाड़ी अब रुकनेवाली थी। बेटी ने स्टेशन का नाम पढ़ा—दरलीपुट। अब वह प्लेटफॉर्म के दृश्य में थी जो लगभग सूना था—दो-चार लोगों के बावजूद। छत नहीं थी लोहे की—प्लेटफॉर्म धरती पर था बिना छत का। अपने नामवाले सामने के पीले बोर्डों के बीच—धरती पर दौड़ती पटरियों से थोड़ा ऊपर उठा हुआ। बारिश में भींगते हुए लोग वहाँ ट्रेन का इन्तजार करते थे। अचानक बेटी प्लेटफॉर्म के दृश्य से भीतर आ गई—डिब्बे के दृश्य में और उसने अपनी माँ से कहा, ''मम्मा, नोटबुक दो!''

''ऊँह, तू कभी शान्त नहीं बैठ सकती...'' उसकी माँ ने कहा और सीट के

नीचे रखे काले रंग के बैग से बच्ची की नोटबुक निकालने लगी।

पति ने, अपनी झुकी पत्नी के ब्लाउज और कमर पर बँधी साड़ी के बीच चमकती, गोरी पीठ को बरसों बाद ध्यान से देखा—अचानक, और देखता रह गया। उसकी इच्छा हुई कि वहाँ अँगुलियाँ फेरे। उसने सामने बैठे युवा जोड़े की ओर देखा, जैसे उनसे अपनी इच्छा के लिए हिम्मत बटोरेगा। उसे लड़का, लड़की की फोटो खींचता दिखा। खिड़की से टिका, धूप में चमकते प्लेटफॉर्म के दृश्य पर रखा, लड़की का चेहरा, उसके खींचे फोटो में आ रहा था। पत्नी अब तक सीधी हो चुकी थी, अगर न भी होती तो अभी-अभी चालीस की उम्र पार कर चुका वह मध्यवर्गीय अधेड़, अपनी अँगुलियों से नहीं, अपने मन से ही अपनी पत्नी की पीठ को छूता और भूल जाता। अचानक पति को अपनी 'पर्सनल सेक्रेटरी' की लौटती हुई पीठ याद आई जो हमेशा सेक्रेटरी के केबिन से लौटते समय पति के भीतर कौंधती थी और फिर जल्दी ही उसने उसे छू लिया था और पीठ ने कौंधना बन्द कर दिया था। (ऐसी नौकरी में, जो ठीक सुबह आठ बजे शुरू हो जाती हो और जिसके समाप्त होने का कोई समय नहीं हो, फूल-सा खिला ताजा समय, चाहे वह थोड़ा-सा ही हो, नौकरी के समय के बीच ही ढूँढ़ा जा सकता है।)

बेटी ने अपनी नोटबुक में, स्टेशन का पहला नाम लिखा—दरलीपुट। इस लिखे नाम से, उनके डिब्बे में कोई सवारी नहीं चढ़ी। यह सूना नाम था। स्टेशन पर दो-चार लोग ही भागते-दौड़ते दिख रहे थे। वे नहीं हड़बड़ाते तो भी सवारी गाड़ी उनका इन्तजार कर रही थी। अब वे हड़बड़ाकर जहाँ-जहाँ बैठे हैं—वहाँ बैठे-बैठे सवारी गाड़ी के चलने का इन्तजार कर रहे हैं। स्टेशन मास्टर, सवारी-गाड़ी के इंजन से अभी बात कर रहा है। बात खत्म हो जाएगी तो वह अपने बगल में रखी हरी झंडी निकाल लेगा और इंजन को दिखा देगा।

गाड़ी चली तो छूटते प्लेटफॉर्म के दृश्य से बेटी जब भीतर आई—अपने नोटबुक पर तो वहाँ आश्चर्य था। नोटबुक पर बेटी ने जो नाम लिखा—दरलीपुट, वह धुँधला रहा था—स्टेशन जैसे-जैसे पीछे छूट रहा था। दरलीपुट धुँधला होते-होते धीरे-धीरे नोटबुक से मिट गया। बेटी ने गड़ाकर डॉटपेन से नाम लिखा था, इसलिए गड़ेपन पर स्टेशन के नाम को कोशिश करने पर पढ़ा जा सकता था। डॉटपेन की स्याही तो स्टेशन के ओझल होते ही नोटबुक से ओझल हो चुकी थी। बेटी को नोटबुक से स्टेशन का नाम ओझल होने पर कोई आश्चर्य नहीं हुआ। वह आनेवाले स्टेशन का इन्तजार करने लगी कि जब उस स्टेशन का नाम लिखेगी तो क्या वह नाम भी नोटबुक से ओझल हो जाएगा? बेटी के पास बैठे, उसके माँ-बाप के पास, बहुत-सी उन चीजों के लिए समय नहीं था जो बच्ची को

महत्त्वपूर्ण लगती रही थीं और जब वह माँ-बाप का ध्यान उन चीजों की ओर खींचती तो वे झिड़क देते कि यह भी कोई बात है बेटा, बताने की! पिता के पास नौकरी से समय ही बहुत कम बच रहा था कि वह बेटी को दे सके। माँ अपार्टमेंट के नीचे एक दुकान चला रही थी, जिसमें वह, दो-तीन और स्त्रियों के साथ, स्त्रियों को सुन्दर बनाने का काम कर रही थी। इसलिए बेटी, अपनी चीजों के साथ, अपनी दुनिया में पूरी तरह रहना सीख चुकी थी और अब माँ-बाप का अपनी दुनिया में आना उसे हस्तक्षेप लगता था—बेवजह का और वह खीज जाती थी। इसीलिए ठीक उसकी बगल में बैठी उसकी माँ और माँ की बगल में बैठा उसका पिता यह नहीं जान पाया कि उसकी बेटी की नोटबुक में लिखा गया स्टेशन का नाम, स्टेशन के ओझल होने के साथ-साथ, नोटबुक से ओझल हो रहा है।

बेटी ने पिता की ओर देखा तो वे सामने बैठे युवा जोड़े को देखते मिले। युवा जोड़े की लड़की-लड़के के कन्धे पर सिर रखकर ऊँघ रही थी। निजी कम्पनी का वह अधिकारी अपने को रोक नहीं पा रहा था—उस लड़की के नाजुक और खूबसूरत चेहरे और कन्धे के नीचे देखने से। पति यह भी चाह रहा था कि उसकी पत्नी उसके इस देखने को न देखे। वह उस लड़की को देखने के पहले या देखने के बाद, तुरन्त पत्नी की ओर देख रहा था। अभी उसकी पत्नी, सिर को सीट के पीछे टिकाए आँखें बन्द कर, नींद को खोजने की कोशिश कर रही थी। बेटी खिड़की पर ही थी—बाहर भागते दृश्यों में। पति आसानी से लड़की को देख पा रहा था, बस उसे उस लड़के की नजर से बचा रहना था, जिसके कन्धे पर लड़की का सिर था।

सवारी गाड़ी धीमी होने लगी। बेटी ने नोटबुक सम्हाल लिया। स्टेशन आने वाला था—पाडुआ। बच्ची ने नोटबुक में लिखा—पाडुआ और गाड़ी चलने का इन्तजार करने लगी। उसकी पीठ अपनी माँ की तरफ थी। वह खिड़की की ओर मुँह कर, पालथी मार बैठी हुई थी। उसकी फ्राक की झालर सीट के नीचे झूल रही थी और उसकी गोद में नोटबुक थी।

पाडुआ से कुछ लोग उस डिब्बे में चढ़े, पर डिब्बे के उस छोर तक नहीं आए जिसमें परिवार बैठा था—पति, पत्नी और बेटी। चढ़े लोग विपरीत छोर में ही कहीं गुम हो गए। वे कहाँ बैठे हैं और कैसे बैठे हैं—यह देखने के लिए, परिवार को उठकर डिब्बे के उस छोर तक जाना पड़ता। परिवार डिब्बे के अन्तिम छोर पर बैठा था। पति की उन चढ़े लोगों में कोई दिलचस्पी नहीं थी। पति-पत्नी ऐसे लोग को गौर से देखना भूल चुके थे। कभी-कभी यह लगता जरूर था कि वे उन्हें गौर से देख रहे हैं, पर देखते नहीं थे। परिवार की बेटी अलबत्ता गौर से देखती

थी—सारी चीजों को और सारे लोगों को कि वह देखने से, दुनिया जानने की उम्र में थी।

बेटी ने तभी एक परिवार को चौंककर देखा—जिसमें एक दुबला-पतला आदमी, एक दुबली-पतली स्त्री और दो छोटे बच्चे थे। वे, उसके डिब्बे में चढ़ रहे थे। डिब्बे का दरवाजा ठीक बेटी की खिड़की के बाजू था। वह अजीब परिवार चढ़ा और गाड़ी चल पड़ी—जैसे उनके चढ़ने का इन्तजार कर रही हो। गाड़ी के चलते ही बेटी की नजर अपनी खुली नोटबुक पर पड़ गई, जहाँ उसने बिना स्याही के खुदा-सा बचा 'दरलीपुट' के नीचे पाडुआ लिख रखा था और पाडुआ की नीली स्याही चमक रही थी। गाड़ी के छूटते ही 'पाडुआ' की स्याही छूटने लगी। स्टेशन छूटा तो पाडुआ पूरी तरह छूट गया। दरलीपुट की तरह, पाडुआ भी डॉटपेन से खुदा-सा बचा रह गया—बिना स्याही का। और बेटी खुशी से झूम उठी। वह अपने लिए मुस्कुराई, फिर अपने लिए हँसी और फिर अपने लिए उदास हो गई। बाहर भागते दृश्यों ने बेटी का मुस्कुराना, हँसना और उदास होना देखा। भागते दृश्य भी बेटी के साथ मुस्काए, हँसे और फिर उदास हो गए।

अब बेटी ने अजीब परिवार के उन दो अजीब बच्चों को सोचा जो गाड़ी में चढ़ तो गए थे, पर अब तक भीतर नहीं आए थे। वे दरवाजे या टॉयलेट के पास ही रुक गए होंगे। अजीब परिवार के बाप के गले में एक ढोलक था। माँ के सिर पर एक बड़ी गठरी थी। उनकी लड़की बड़ी थी—छह-सात बरस की और लड़का छोटा तीन-चार साल का। दोनों बच्चों के चेहरे रँगे हुए थे—लाल और पीले रंग में। काले रंग में लड़के की मूँछ बनी थी, इसलिए वह चार बरस से ज्यादा बड़ा दिखा था। बेटी ने, बस उनकी एक झलक देखी थी जिसमें वे बिना हड़बड़ाते—गाड़ी चढ़ते दिखे थे।

बेटी को अचानक टॉयलेट की याद आई और लगा कि उसकी कमर के नीचे कुछ झुनझुना रहा है। उसने अपनी माँ से कहा, "टॉयलेट जाना है..." माँ ने अपने पर्स से 'पेपर सोप' निकाला। पति की गोद में अपने पर्स को डाला—पहरे के लिए और बेटी की ओर हाथ बढ़ाया कि चलो! बेटी ने अपना हाथ माँ के हाथ में दे दिया जो बेटी के हाथ से ज़्यादा गोरे थे, पर नाजुक नहीं थे। बेटी पिता के रंग पर चली गई थी जो साँवला था पर निरन्तर 'ए.सी.' ने उसके चेहरे पर हलका पीलापन पोत दिया था।

बेटी उठी तो उसकी पोनीटेल चोटी भी लहराकर उठी। बिलकुल बगल में टॉयलेट था। वे वहीं थे—वे दोनों छोटे बच्चे। वह रँगे चेहरेवाली लड़की और उसका छोटा भाई—रँगे चेहरेवाला। वे सवारी-गाड़ी की बेसिन के नीचे बैठे कुछ खा रहे

थे। बेटी ने ध्यान से देखा कि लड़की के चेहरे पर लाल और पीले रंग अँगुली जितनी मोटी लकीरों में थे। और उसके छोटे भाई के चेहरे पर रंगीन लकीरों और गाल पर दो लाल गोलों के अलावा काली मूँछ थी—अँगुली जितनी मोटी और ऐंठी हुई। ठुड्डी पर नन्ही दाढ़ी थी—काली। बेटी हँसी—उन्हें देखकर। बेटी की माँ भी हँसी। उन दोनों बच्चों का बाप, सवारी गाड़ी के बन्द दरवाजे से सटा बैठा था और माँ टॉयलेट की दीवार पर पीठ टिकाए हुए थी। ढोलक, बाप की गोद में पड़ी थी—गले से लटकी। माँ की पीठ की गठरी, अब दोनों के बीच पड़ी हुई थी खुली हुई, उसमें से वह सूखी रोटी निकली थी—जिसे वे दोनों बच्चे थोड़ी ही दूर बेसिन के नीचे बैठकर खा रहे थे। कफ-थूक की झरती बू के नीचे।

बेटी और उसकी माँ टॉयलेट तक नहीं पहुँच पाईं। टॉयलेट के दरवाजे के सामने लकड़ी के गट्ठर थे—ऊपर तक। दरवाजा खोलने के लिए उन गट्ठरों को हटाना जरूरी था। निजी कम्पनी के अधिकारी की पत्नी ने अपने पति को आवाज दी। पति, अपनी पत्नी का पर्स कन्धे पर टाँग, उठा यह देखने कि क्या हुआ? ये गट्ठर किसके हैं...किसके हैं ये गट्ठर...वह कई बार चिल्लाया। पर किसी ने नहीं सुना। पति का गुस्सा उस आदमी तक पहुँच रहा था, जिसका गट्ठर था और जो मटमैली सफेद बंडी और धोती पहने, थोड़ी दूर ही गाड़ी के फर्श पर उकड़ूँ बैठा हुआ था। पर गट्ठर वाले आदमी को लगा कि अगर वह कह दे कि गट्ठर उसके हैं तो यह साहबनुमा आदमी अपने गुस्से की ताकत पर, गट्ठरों को गाड़ी से बाहर फेंक देगा और आखिर में गट्ठर समझकर उसे भी, तो गट्ठरों के मालिक ने यह भूल जाना ठीक समझा कि वह गट्ठरों का मालिक है। वह अनजान बना, खिड़की से बाहर देख रहा था और सोच रहा था कि न उसके पास गट्ठर हैं और न ही वह सवारी गाड़ी में यात्रा कर रहा है।

पति गुस्से से इतना भर चुका था कि अब गुस्सा उसके सिर से बहने लगा—दोनों कनपटियों से लगातार। उसके गुस्से से उसकी कमीज के कन्धे भीग रहे थे। उसने बेटी को गोद में उठाया और बेसिन पर बैठा दिया। नीचे दो रँगे चेहरोंवाले छोटे बच्चे, अब भी रोटी खा रहे थे, जिन्हें पति का जूतों में बन्द पैर छू रहा था और उसकी बेटी की पेशाब, बेसिन की पाइप से बहती नीचे गिर रही थी। रँगे चेहरोंवाले बच्चों के हाथ पर रखी सूखी रोटी, पेशाब की गिरती आवाज से भीगती जा रही थी।

बेटी बेसिन से नीचे आई तो ठिठककर उन दोनों बच्चों के पास खड़ी हो गई।

"चलो!" पिता ने कहा और उसका हाथ खींचा।

"देखूँगी!" बेटी ने कहा और पिता का हाथ अपनी ओर खींचा।

बेटी के पिता को भी वे बच्चे देखने की चीज लगे। लड़की गूँगी थी और अपने छोटे भाई से इशारों में बात कर रही थी। लड़की भवें मटका रही थी और उसकी अँगुलियाँ चल रही थीं। वह अपने मुँह से विचित्र आवाजें निकाल रही थी—शब्द बनने की कोशिश में ऊपर-नीचे और दाएँ-बाएँ लुढ़कती आवाजें। उसका चार बरस का भाई भी भँवों, आँखों और अँगुलियों से शब्द रचते हुए—अपनी बहन से बात कर रहा था। बेसिन पर ठीक उनके ऊपर पेशाब कर चुकी बेटी और उसके पिता की ओर उनका ध्यान बिलकुल नहीं था, जिनके लगातार देखे जाने के घेरे के भीतर अभी वे थे। वे दोनों बच्चे, इस तरह की घूरती नजरों के आदी थे और ऐसी नजरें उन्हें गड़ती नहीं थीं। नहीं तो रोज शाम बच्चे—लहूलुहान अपनी झोंपड़ी लौटते।

"ये दोनों कैसा बोल रहे हैं?" बेटी ने अपने पिता से पूछा।

"ये गूँगे हैं..." पिता ने कहा।

"गूँगा क्या होता है?"

"जो बोल नहीं पाता," पिता ने कहा।

"गूँगों की जीभ होती है...है न..." बेटी को दोनों भाई-बहनों के खुलते-बन्द होते मुँह में जीभ दिख रही थी।

"जीभ होती है...पर खेलती नहीं है ज्यादा...इसलिए शब्द नहीं बन पाते हैं...शब्दों की जगह विचित्र आवाजें बनती हैं..." पिता बेटी को समझाने लगा।

बेटी उन दोनों बच्चों की विचित्र आवाजों और भंगिमाओं को अपने कौतूहल के भीतर भर रही थी। वह खड़ी रही तब तक कि उसका कौतूहल भरकर छलकने नहीं लगा।

"अब चलो भी!" पिता ने बेटी का हाथ फिर खींचा।

लौटकर आने पर बेटी खिड़की के पास नहीं बैठी। पिता के बगल में बैठी दूसरी तरफ—सीट के आखिर में, जहाँ से थोड़ा-सा झुको और मुड़ो तो बेसिन के नीचे बैठे गूँगे भाई-बहन दीख रहे थे।

बेटी की नोटबुक में, अब तक—दरलीपुट, पाडुआ, पालीबा, सुकू—नीली स्याही में आ चुके थे और स्याही के ओझल हो जाने के बाद, गड़े-से अक्षरों में बच रह गए थे।

धीमी होती गाड़ी से, बेटी ने देखा कि दूर रंग-बिरंगी लहरें हैं—गाड़ी के पास

और पास आती।

"देखो मम्मा, वह क्या है?"

"बाजार है," माँ ने खिड़की के बाहर बेटी के सिर के ऊपर से देखते हुए कहा।

"ऐसे बाजार में तो आप कभी नहीं ले गईं..."

"यह गाँव का बाजार है...बस्तर घूमेंगे तो दिखा देंगे तुम्हें..."

"मैं कुछ खरीदूँगी भी..."

"ऐसे बाजार में तुम्हारे खरीदने के लिए कुछ नहीं मिलेगा।"

वह एक साप्ताहिक बाजार था जो स्टेशन से थोड़ी दूर, एक मैदान में लगा हुआ था। सवारी गाड़ी उस बाजार के समानान्तर खड़ी थी—स्टेशन पर। रंगी-बिरंगी लहरें स्त्रियों के लुगड़ों की थीं। बाजार में स्त्रियाँ ही ज़्यादा थीं। बेचती और खरीदती : दोनों ओर। पुरुष खास जगहों पर थे—जहाँ नशा था और मुर्गों की लड़ाई का मजा था। मटमैले सफेद धब्बों-सा कहीं-कहीं जो दिख रहा था—धुँधला, वह पुरुषों का झुंड था। बंडी और धोती और नंगी काली पीठ। समय शाम को छूने-छूने को था। बाज़ार चिमनियों की टिमटिमाती रोशनी पर, कुछ देर अँधेरे में और टिकने की कोशिश करेगा, फिर उजड़ जाएगा।

बेटी, एक रंग-बिरंगी पंक्ति को गाड़ी की ओर आते देख रही थी जो बीच-बीच में मटमैले सफेद धब्बों से भरी हुई थी : डगमगाते धब्बे। पंक्ति बाज़ार को छू रही थी और सवारी गाड़ी की ओर बढ़ती आ रही थी—लम्बी होती। बेटी, अपनी नोटबुक में, 'कोरापुट' लिख चुकी थी। उसके लिखे शब्द में, इस रंग-बिरंगी पंक्ति की छाया डोल रही थी। और अब बेटी उस रंग-बिरंगी पंक्ति के, गाड़ी के करीब आने और गाड़ी के चलने का इन्तजार कर रही थी कि देख सके रंग-बिरंगी छाया में लिखा कोरापुट, गाड़ी के चलते ही ओझल होता है या नहीं?

अचानक डिब्बे में हड़कम्प घुस आया। एक साथ कई स्त्री-पुरुष, विचित्र भाषा में शोर करते हुए—अपनी-अपनी मोटरी-गठरी, टोकना-टोकनी के साथ डिब्बे में चढ़े। शोर, गाड़ी शुरू होने पर ही कुछ धीमा हो पाया था, पर खत्म नहीं हुआ था। उस शोर में जैसे गाड़ी के चलने का शोर और मिल गया था। गाड़ी कोरापुट में आधे घंटे से अधिक रुकी रही। बेटी का लिखा कोरापुट आधे घंटे से अधिक ओझल होने से बचा रहा है। अब गाड़ी चली है और वह ओझल हो रहा है। बेटी स्याही के नीले को उड़ता देख रही है। कोरापुट नीला होकर उड़ रहा है—हवा में ओझल।

डिब्बे का एक-एक इंच भर चुका था। युवा जोड़ा किनारे खिसक गया

था—खिड़की की ओर। युवा जोड़े की लड़की का सिर, खिड़की के सींखचे में, इस तरह टिक गया था कि तय नहीं कर पा रहा हो कि भीतर देखे या बाहर देखे। जोड़े की बगल में तीन जवान औरतें बैठ गई थीं—जिनकी देह पर सिर्फ लुगड़ा था और जूड़ा सिर पर तिरछा रखा हुआ था। उनकी देह जरा भी इधर-उधर होती तो लुगड़े से बाहर उनके स्तन चमकने लगते थे। वे कभी लुगड़ा ठीक कर रही थीं और कभी नहीं। वे उनके चमकने को लेकर लापरवाह थीं। पति की आँखें उस चमक में बार-बार गुम हो रही थीं। स्त्रियाँ बिलकुल उसके सामने थीं—इस तरह बैठी कि सीट की टेक से दो के कन्धे आपस में मिल रहे थे और तीसरी उन दोनों के पैरों को तिरछा खिसकाकर, बनी जगह पर आगे झुकी बैठी थी और झुके होने के कारण सबसे अधिक उसी के स्तन चमक रहे थे। पति के घुटने, झुकी स्त्री के घुटने के इतने करीब आ गए थे कि थोड़ी-सी कोशिश में, उसके घुटने उस स्त्री के घुटनों के स्पर्शों पर चले जाते। पति के पास, झुकी स्त्री की गन्ध आ रही थी। विचित्र-सी गन्ध। पहले पहल इसी गन्ध ने पति के भीतर उबकाई जगाई थी, पर अभी स्त्री की देह की काली चमक ने उसकी उबकाई को मार दिया था। पत्नी ने, पति की लिप्सा को देख लिया। वह अपने भीतर घिन से भर गई। पुरुष को स्त्री की अपरिचित देह खींचती है—सुन्दर हो या असुन्दर। पुरुष, परिचित देह से अपरिचित देह की यात्रा चाहता है। परिवार की स्त्री की गोरी, सुन्दर और खुशबू में भरी देह, विचित्र गन्ध से भरी उस आदिवासी लड़की की देह से पराजित हो रही थी। पर पत्नी कुछ नहीं कर पा रही थी...कुढ़ रही थी...शर्मिन्दा हो रही थी।

बूढ़ा भिखारी गाड़ी से उतर चुका था। वह गायब हो गया था, जैसे चुटकी बजाओ और उसकी आवाज पर कोई गायब हो जाए। किसी ने उसे उतरते नहीं देखा, जैसे किसी ने उसे चढ़ते नहीं देखा था। दरअसल, सवारी गाड़ी में बैठे किसी आदमी को यह पता नहीं था कि वह ईश्वर है और पृथ्वी पर भटक रहा है—भीख माँगता। वह स्वर्ग का रास्ता भूल चुका है। वह यह भी भूल चुका है कि वह ईश्वर है और यह उसे लग नहीं रहा है कि वह मनुष्य है। वह प्रकट होने और फिर गायब होने के बीच कहीं अटक-सा गया है।

ईश्वर की छोड़ी सीट पर दो आदमी आकर एक साथ बैठ गए थे जो स्थानीय कोचिया थे। उनके चेहरे की चालाक-चमक, उनका देहाती पहनावा नहीं छिपा पा रहा था। आदिवासियों को ठगते-ठगते चालाकी उनके चेहरे का स्थायी भाव हो चुकी थी। मरते समय अपने चेहरे पर, इसी भाव को लेकर, वे मरनेवाले थे कि उनकी मृत्यु पर—उनका चेहरा देखकर किसी को भी दया नहीं आनेवाली थी।

उन दोनों कोचियों के सामने की सीट पर, एक आदिवासी बूढ़ी स्त्री बैठी हाँफ रही थी। सवारीगाड़ी में चढ़ने की धक्का-मुक्की ने, उसे थका दिया था। उसकी देह नीचे झुकती-सी थी, जैसे अपने में अटी झुर्रियों का भार न सह पा रही हो। उसके स्तन, चमड़े की मुर्झाई थैलियों-से लटक रहे थे जो उसके नीले लुगड़े के नीचे छिपे हुए थे। घुटने के नीचे से, दो सूखी टाँगें काँपती-सी दिख रही थीं। बूढ़ी भूल चुकी थी कि वह सवारीगाड़ी में बैठ चुकी है। वह अपनी थकान के भीतर चली गई थी—गर्भ में बच्चा : थकान के भीतर आराम।

अपने परिवार में, अपनी बेटी का पिता और अपनी पत्नी का पति—उस निजी कम्पनी के अधिकारी की बगल में, अब वे दोनों गूँगे बच्चे और उनकी सूखी देह वाली काली-सी माँ आकर बैठ गई थी और उसने अपने पति के लिए जगह छेकने, पति की जगह एक बड़ी-सी गठरी रख दी थी। उसका पति अपने गले में ढोलक लटकाए—किसी दूसरे डिब्बे में घूम रहा था। दोनों बच्चों को करतब के लिए, वह अपने साथ शायद इसलिए नहीं ले गया था कि वे उस समय खाना खा रहे थे और वह उनके खाना खत्म करने का इन्तजार नहीं कर सका था।

पति, पत्नी और उनकी बेटी की सीट के नीचे की जगह बोरों और टोकनों से भर चुकी थी। यहाँ तक कि पति का पैर एक बोरे के ऊपर था जो उस आदिवासी स्त्री का था जो ठीक उसके सामने झुकी बैठी थी और उसका पैर भी उसी बोरे के ऊपर आ गया था। पति-पत्नी काफी चीखे-चिल्लाए थे कि यहाँ नहीं...यहाँ नहीं...उठाओ यहाँ से...पर बोरों और गठरियों और टोकनों ने नहीं सुना था और वहीं पड़े रह गए थे। वे जाते भी कहाँ...जगह कहाँ थी?

जब गाड़ी चली तो पति और पत्नी को बाहर की हवा मिली—डिब्बे में भरी अजीब-सी बू को धकेलती। यह हड़कम्प की बू थी—अजीब-सी, गीली और बिसर। पत्नी को लगा कि वह बरसों बाद साँस ले रही है। बेटी खिड़की के पास की अपनी पुरानी जगह पर पहुँच गई थी और वे गूँगे बच्चे उसकी उस जगह पर आकर बैठ गए थे, जहाँ से बैठकर बेटी थोड़ी देर पहले उन्हें देख रही थी—जब गूँगे बच्चे बेसिन के नीचे बैठे खा रहे थे।

युवा जोड़े का लड़का, अपने वीडियो कैमरे में, उस बूढ़ी आदिवासी स्त्री को भीतर लाने का कोण तलाश रहा था जो कोचियों के सामने, अपने झुर्रियों के भार से झुकी बैठी थीं—अपनी थकान के भीतर। उस बूढ़ी स्त्री को पता नहीं था कि वह अपनी सीट से गायब होकर—वीडियो कैमरे के भीतर चली जाएगी। जीवन में बहुत कुछ ऐसा गुजरता है—पास से चुपचाप, जिसका पता नहीं रहता है। पता नहीं रहता है तो उसका दुख भी नहीं रहता है। पता नहीं रहता है तो उसका सुख

भी नहीं रहता है। उस बूढ़ी स्त्री के पास, उस लड़के के वीडियो कैमरे के भीतर जाने का न सुख था और न ही दुख। युवा जोड़े की लड़की, कैमरे के मॉनीटर में, उस बूढ़ी स्त्री को देख रही थी। बूढ़ी स्त्री, मॉनीटर के बाहर देखो तो अलग दिख रही थी—धूसर। मॉनीटर में वह चमकीली थी। मॉनीटर में कैमरे द्वारा रचा जा रहा झूठ दिख रहा था। लड़के ने जब अपने कैमरे को घुमाया—डिब्बे में बैठे हर आदमी और हर वस्तु पर और सारी वस्तुएँ और सारे लोग—कैमरे के झूठ के भीतर चले गए और डिब्बा खाली हो गया। डिब्बे में बस यह युवा जोड़ा और निजी कम्पनी के अधिकारी का परिवार बचा रह गया था।

ढोलक की आवाज आई—ढप-ढपा-ढप। मदारी आ गया था—दूसरे डिब्बों से लौटकर। वह डिब्बे में बिना ढोलक की आवाज के घुसा था और ठीक अपने बच्चों की बगल में खड़ा होकर, अचानक उसने ढोलक ढपढपा दिया था कि जैसे अपना लौटना पत्नी-बच्चों को बताना चाह रहा हो और पूरे डिब्बे को पता चल गया हो। युवा जोड़े के लड़के का कैमरा, उसके हाथों से ढोलक की आवाज की ठोकर से गिरते-गिरते बचा था। उस ढप-ढपा-ढप से पूरा डिब्बा चौंका था। चौंके नहीं थे तो मदारी की पत्नी और रँगे चेहरोंवाले उसके दोनों गूँगे बच्चे।

खड़े-बैठे लोगों और सामानों के बीच भी मदारी ने अपने खड़े होने की ऐसी जगह ढूँढ़ ली थी, जहाँ से वह डिब्बे में बैठे, ज्यादा-से-ज्यादा लोगों को दिख रहा था।

"साहबान, कदरदान! यह जो गले में मेरी ढोलक है, यह मेरी चमड़ी से मढ़ी है। यह जब बजती है तो मेरी चमड़ी बजती है...ध्यान से देखें...देखें जरा ध्यान से..."

मदारी ने ढोलक आगे की। ढोलक युवा जोड़े और निजी कम्पनी के अधिकारी के परिवार के बीच नाचने लगी। आदिवासी स्त्रियों पर ढोलक ध्यान नहीं दे रही थी और न ही उन कोचियों पर—जिनकी तरफ मदारी की अभी पीठ थी। वे लगभग रोज दिख रहे लोग थे और उनके भीतर का कौतूहल नष्ट हो चुका था। ढोलक नए चेहरों को खोज रही थी कि कौतूहल जगा सके।

"इसमें मेरी चमड़ी की बू है!"

ढोलक पति और युवा जोड़े के लड़के के आसपास नाच रही थी—ढप-ढपा-ढप-ढप। वे सिर हिलाने लगे जैसे बू उनका सिर हिला रही हो। वे चाहते थे कि

जल्द-से-जल्द मदारी उनके बीच से ढोलक हटा ले। पसीना भीगी, भूखी बू बहुत असहनीय रहती है...

'साहबान-कदरदान, ऐसी ढोलक और किसी मदारी के पास नहीं है...मैं बता दूँ कि इस ढोलक का चमड़ा मेरी पत्नी की आँतों से खिंचा है—इसलिए इतना तना है...यह जो मेरी औरत बैठी आपको दिख रही है...इसके पेट में सिर्फ आधी आँतें हैं, आधी इस ढोलक के चमड़े को तानने में वह खर्च कर चुकी है...साहबान, आप लोगों को लग रहा होगा कि मैं झूठ बोल रहा हूँ कि आपके भीतर दया जगा सकूँ और आप अपनी दया को सिक्कों में बदलकर मेरी हथेली में रख सकें...पर मैं सच बोल रहा हूँ : भले ही यह सच आपके भीतर दया जगा दे...समय ऐसा है कि सच सन्देह जगा रहा है और झूठ दया..." वह हँसा, जोर से ढोलक बजी। ऐसा लगा, जैसे ढोलक और मदारी साथ-साथ हँसे हों—जोर से।

मदारी ने अपने बच्चों को इशारा किया। बच्चे उठ खड़े हुए।

"ये दोनों छोटे बच्चे अब अपना खेल दिखाएँगे—पेट के लिए...ये गेंद में बदल जाएँगे और उछलेंगे...ये हवा में चलेंगे और उड़ेंगे...भाइयो और बहनो, यह बच्चे अभी आपके सामने अपने शरीर से बचपन को मरोड़कर बाहर फेंक देंगे और आप देखेंगे कि बच्चों के शरीर, बचपन से बाहर आकर कैसा अचम्भा रचते हैं..."

छोटी बच्ची की भँवें लाल बिन्दियों से सजी थीं। गाल पर दो लाल घेरे थे। उसके भाई के ऊपरी होंठ पर, काले रंग में मूँछ बनी हुई थीं और चेहरे पर तीन गोले बड़े लाल—ठुड्डी पर और दोनों गालों पर। निजी कम्पनी के अधिकारी की बेटी ने इन बच्चों को पहले देख लिया था और पूरा डिब्बा गौर से अभी देख रहा था।

बच्चों की माँ भी अब उठ खड़ी हुई थी। उसे देखो तो अब वह आधी आँतों की लग रही थी। माँ के हाथों में लोहे के दो वृत्त आए। उसने दोनों बच्चों को लोहे का एक-एक वृत्त दिया और खेल शुरू हो गया। वृत्त का आकार इतना छोटा था कि बच्चे सीधे उससे अपनी आधी देह को भी पार नहीं करा सकते थे। मदारी की ढोलक की लय पर मदारी के बच्चों की देह, लोहे के वृत्त के भीतर से बाहर होने लगी। पहले अकेले-अकेले, फिर कठिनता में दोनों साथ-साथ—लोहे के वृत्त में घुसे, जैसे दोनों मिलकर एक देह हो चुके हों।

फिर वे गेंद में बदल गए, दोनों मिलकर एक बड़ी गेंद में और गेंद पूरे डिब्बे में टप्पे खाने लगी...

उस छोटे बच्चे की काले रंग से बनी मूँछ को, डिब्बे में बैठे जिन-जिन लोगों

ने ध्यान से देखा—उन्हें वह मूँछ अपनी मूँछों से भी अधिक कड़कदार लगी। बच्ची अपने भाई से बड़ी थी, पर वह अपनी माँ से भी बड़ी लगी।

"साहबान-मेहरबान, ये रबड़ के बच्चे हैं—बिना हड्डियों के। ये गेंद की तरह गोल हो रहे हैं। आपमें से जो भी चाहें, इन्हें खेल सकता है...आपमें से कोई खेलना चाहता है साहबान...कोई नहीं...तो खेल आगे बढ़ाया जाए...तो साहबान अब आप इन बच्चों के नन्हे पैरों के तलुओं का जादू देखें...साँसें थाम लें साहबान...बच्चों के तलुए बच्चों का कहना न सुनें तो बच्चे मरे साहबान!"

मदारी को अपनी औरत की तरफ इशारा नहीं करना पड़ा। वह तैयार थी। वह डिब्बे के एक छोर पर पहले से थी। मदारी दूसरे छोर की ओर जाने लगा—सामान के ऊपर चढ़ते-उतरते। ढोलक की आवाज एक छोर से दूसरे छोर की ओर जा रही थी। अब निजी कम्पनी के अधिकारी के परिवार और युवा जोड़े को मदारी नहीं दिखाई दे रहा था, बस मदारी की औरत दिख रही थी। मदारी का बेटा अपने बाप के साथ दूसरे छोर पर चला गया था। बेटी माँ के पास रह गई थी—उसके घुटने के पास बैठी उसकी मैली साड़ी को पकड़े हुए।

मदारी की औरत ने अपनी हथेलियाँ आपस में इस तरह रगड़ना शुरू किया, जैसे रस्सी बँट रही हो। उधर से दूसरी छोर पर मदारी हवा में रस्सी बँटने लगा। कुछ देर तक हवा की रस्सी वे दोनों बँटते रहे। जब उन्हें लगा कि रस्सी तैयार हो गई—मजबूत तो वे दोनों अपने हाथों से हवा की रस्सी को अपनी ओर तानते खड़े हो गए। उनकी देह पीछे की ओर झुकी हुई थी—रस्सी को पूरी ताकत से तानने के लिए। पर रस्सी कहीं नहीं दिख रही थी।

रस्सी तब भी नहीं दिखी, जब मदारी की बेटी अपनी माँ की पीछे झुकी देह का, सहारा लेकर माँ के कन्धे पर चढ़ी और एक क्षण कन्धे पर खड़ी रही जैसे अपने को अपने ही भीतर तौल रही हो, फिर उसने अपना दाहिना पैर, हवा में तनी हवा की रस्सी पर रखा—और तभी दिखा कि उसके नन्हे पैरों पर पीतल के घुँघरू बँधे हैं जो बजे एक साथ हवा की रस्सी पर—छम्। फिर बायाँ पैर माँ के कन्धे से हवा की रस्सी पर आया—छम्। अब बच्ची छम्-छम् करती हवा की रस्सी पर आगे बढ़ रही थी—अपनी नन्ही देह को तौलते, हाथों को फैलाए—सन्तुलन बनाती। घुँघरू जितनी बार बजे—हवा की रस्सी पर बच्ची के उतने कदम पड़े। ठीक उसी समय दूसरे छोर से, मदारी के कन्धों पर चढ़ा उसका नन्हा बेटा हवा की रस्सी पर आगे बढ़ने लगा था, अपनी बहन की ओर। कदम-कदम। छम्-छम्। उसके पैरों में भी पीतल के घुँघरू थे। दोनों जब हवा की रस्सी के मध्य में मिले तो छोटा भाई, बड़ी बहन के कन्धों पर चढ़ गया—बहन की हथेलियों के सहारे।

अब वे इतने ऊँचे थे कि डिब्बे की छत को हाथ बढ़ाकर वह नन्हा बच्चा छू सकता था। थोड़ी देर वह बहन के कन्धों पर मटकता रहा, फिर नीचे कूद पड़ा। भाई के बाद बहन कूदी। अब तक हवा की रस्सी के दोनों तरफ डिब्बे के लोगों के सिर थे–उनका खेल देखते। उनके नीचे कूदते ही सिर अपनी-अपनी जगहों पर चले गए। मध्य से मदारी का बेटा हाथ फैलाए उसी छोर की ओर लौट पड़ा जिस छोर के लोगों ने उसके करतब को देखा था।

मदारी की बेटी अपनी माँ के छोर की ओर लौट पड़ी हाथ फैलाए, जहाँ एक बहुत ही साफ-सुथरा परिवार बैठा था और ठीक उसकी उम्र की लड़की ने, उसका यह जादू भरा खेल देखा था। और जो खुद एक जादू के भीतर थी कि जिसकी कॉपी में स्टेशन के नाम लिखने के बाद ओझल हो रहे थे।

"मैं भी यह करूँगी!" परिवार की बेटी ने अपनी माँ से कहा।

"पागल हो क्या?" माँ ने कहा।

"अगर वह कर सकती है तो मैं क्यों नहीं कर सकती?"

"वह मदारी की बेटी है...यह भूख कराती है...तुम भूख के बारे में कुछ नहीं जानती..." पिता ने कहा।

"...तो मैं भूख के बारे में जानूँगी, फिर यह करूँगी!"

"मैं तुम्हें झापड़ दूँगा। और तुम सब भूल जाओगी," पिता ने कहा, जिसने बेटी को आज तक कभी मारा नहीं था, पर बीच-बीच में चुप कराने के लिए मारने की धमकी देता रहता था।

मदारी की बेटी अब उनके सामने थी–हाथ फैलाए। उनकी बेटी, उसे इस तरह देख रही थी, जैसे किसी सितारे को देख रही हो जो आसमान में अभी-अभी उठा हो और सारी दुनिया को अपनी चमक से रौशन कर रहा हो।

माँ ने बेटी के हाथ दस का एक नोट दे दिया कि वह उस मदारी की बेटी को दे दे। मदारी की बेटी थोड़ा आगे बढ़ी कि परिवार की बेटी की ओर जो खिड़की के पास बैठी थी और अभी-अभी दो दुनियाओं के बीच जाकर बैठ गई थी, एक जो खिड़की से बाहर थी और एक जो मदारी के बच्चों ने डिब्बे में रच दिया था।

परिवार की बेटी ने, मदारी की बेटी के हाथ में दस का नोट रख दिया और कहा, "मैं तुम्हारे जैसा करना चाहती हूँ...सिखाओगी?"

मदारी की बेटी गूँगी थी। उसने कोई इशारा भी नहीं किया। वह एक क्षण ठिठकी खड़ी रही, फिर उसने पलटकर युवा जोड़े की ओर अपनी हथेली फैला दी। मदारी की बेटी हवा की रस्सी पर नहीं चलना चाहती थी। वह खिड़की के पास, ठीक उस जगह, अच्छे कपड़े पहनकर बैठना चाह रही थी, जिस जगह पर परिवार

की बेटी बैठी हुई थी और उसकी नन्ही हथेली पर दस का नोट रख दिया था। उस लड़की से मदारी की बेटी अपनी जगह बदल सकती थी—पर यह सम्भव नहीं था कि वह सजी-सँवरी पोनीटेल वाली बच्ची हवा की रस्सी पर चल सके और मदारी की बेटी खिड़की पर बैठ सके—बाहर के दृश्य देखते और अपनी नोटबुक में स्टेशन का नाम लिखते कि वे ओझल हो सकें...यह सम्भव नहीं था।

दुपहर का बगीचा

लड़की पाम के पेड़ के नीचे, बगीचे में बैठी है—हरी बैंच पर अकेली। लड़की की बैंच पर पाम की छाया है। जहाँ वह बैठी है—उससे थोड़ा बाएँ खिसक जाए तो वह पाम की पूरी छाया के भीतर आ जाएगी। अभी बस, उसका एक कन्धा बायाँ, पाम की छाया में डूबा हुआ है। बगीचे में ठंड की दुपहर का सन्नाटा है। लड़की पाम के ऊँचे पेड़ों से बने एक बड़े गोल घेरे के भीतर है। आसमान से देखो तो जैसे पेड़ों के कुएँ के भीतर हो। लड़की के सामने भी एक हरी बैंच है—खाली और उसके दाएँ-बाएँ दो और हरी बैंचें खाली पड़ी हैं—पाम के वृत्त के भीतर व्यवस्थित, पर सूनी। पाम के पेड़ों से सन्नाटा, छन-छन कर खाली बैंचों और लड़की के सिर पर गिर रहा है—पर लड़की के चेहरे को नहीं छू पा रहा है। लड़की का चेहरा इस तरह स्कार्फ से ढँका हुआ है कि स्कार्फ के काले-सफेद फूल, जैसे लड़की के चेहरे को रच रहे हों—काला-सफेद। लड़की ने पीले रंग का हाईनेक-पुलोवर और नीली जींस पहन रखी है। पैरों में लाल जूते हैं—सफेद मोजों के ऊपर, जिनके शीर्ष पर मोटी लाल दो रेखाएँ, समानान्तर बनी हुई, घूम गई हैं गोल—लड़की की पिंडलियों के निचले हिस्से को घेरे हुए, जिन्हें जींस के पायचों ने ढँककर रखा है, इसलिए उन्हें देख पाना मुश्किल है। लड़की की देह में, खुला हुआ हिस्सा, बस उसकी आँखें हैं—काले मोटे फ्रेमवाले चश्मे के भीतर से झिलमिला रहीं, इस तरह जैसे अभी-अभी भीगी हों—मन के तरल में।

लड़की की गोद में हरी और कुछ गुलाबी पत्तियाँ पड़ी हैं जो अपने-अपने पेड़ों को छोड़कर उसकी गोद में आ गिरी हैं। गुलाबी पत्तियाँ जिद कर आई हैं : कोमल उत्सुकता। लड़की की गोद में कचनार, नीलगिरी, बड़, पीपल, अशोक...की पत्तियाँ हैं, पर पाम की एक भी पत्ती नहीं है—नुकीली-लम्बी जो अपने आकार से, बाकी

सभी पत्तियों को हरा दे। पाम की पत्तियाँ ऊपर से देख रही हैं—लड़की को और उसकी गोद में पड़ी पत्तियों को कि लड़की जितनी देर बैठेगी, पत्तियाँ गोद में एक-एक कर बढ़ती जाएँगी। लड़की अपनी गोद में पड़ी पत्तियों को नहीं देख रही है। पत्तियों को, उसकी अँगुलियाँ देख रही हैं। पत्तियाँ, लड़की की अँगुलियों के बीच, बार-बार गोल हो रही हैं, फिर खुल रही हैं, फिर गोल हो रही हैं...इतनी बार कि गोल आकार में जाकर ठहर रही हैं। इसी बीच, बगीचे में फैली ठंड के दिनों की धूप, पत्तियों के बीच बन्द हो जा रही है। गोल हो चुकी पत्तियाँ, थोड़ी देर बाद, धीरे-धीरे खुल रही हैं, जैसे भीतर बन्द धूप का ताप उन्हें खोल रहा हो। पर पत्तियों के साथ, पत्तियों के भीतर बन्द धूप नहीं खुल पा रही है कि धूप गोल बची रह गई है—हर पत्ती के भीतर। धूप के गोल-गोल टुकड़े जो पत्तियों की चौड़ाई के अनुपात में कम-ज्यादा लम्बे हैं—लड़की के पैरों के आस-पास और उस हरी बैंच पर बिखरे पड़े हैं, जिसमें लड़की बैठी है—दुपहर के बगीचे में, पेड़ों के सूनेपन के साथ। लड़की की गोद और बैंच के आस-पास बिखरे धूप के गोल-गोल टुकड़े, दुपहर के बगीचे में, इस तरह चमक रहे हैं कि जैसे वे धूप के टुकड़े नहीं, सोने के टुकड़े हों। लड़की कितनी देर से यहाँ बैठी है, धूप के इन सुनहरे टुकड़ों को गिनकर जाना जा सकता है...

लड़की अकेली नहीं है। लड़की से कुछ कदमों की दूरी पर, पेड़-पौधों के गहरे पर्दे के पीछे—ऐसी ही दूसरी हरी बैंच पर, लड़की की सहेली, एक लड़के के साथ बैठी है। सहेली और उसका दोस्त, पाम के वृक्षों के रचे वृत्त से बाहर हैं। लड़की की पीठ उनकी ओर है। यहाँ से लड़की उन्हें देखना चाहे गरदन मोड़कर तो पौधों की झुरमुट में, लड़के की सफेद और सहेली की लाल टी-शर्ट के रंग चमक रहे हैं। पर लड़की उनकी ओर नहीं देख रही है—वह एक-एक पल को दुपहर के इस बगीचे में बीतता हुआ महसूस कर रही है...लम्बा समय कि जिस पर चलो तो वह खुद चलकर, इतना आगे बढ़ जाए कि पार की हुई दूरी फिर जुड़ जाए...पर उधर, झुरमुट के पर्दे से टिकी बैठी सहेली और उसके दोस्त की बैंच पर समय ने घटना बन्द कर दिया है। समय वहाँ इतना सिकुड़ गया है कि जैसे हो ही न। वह ठहरा हुआ समय है जो बगीचे का समय होने के बावजूद बगीचे का नहीं रह गया है। समय, सहेली और उसके दोस्त के बीच दबा-सिकुड़ा बैंच पर पड़ा हुआ है। सहेली का चेहरा भी, लड़की के चेहरे की तरह, स्कार्फ से ढँका हुआ है।

अन्तर बस इतना है कि यह काले फूलोंवाला, लाल स्कार्फ है और सहेली ने चश्मा नहीं पहन रखा है, इसलिए, उसकी आँखें खुलकर बोल और चमक रही हैं। ठीक अभी सहेली के पिता यहाँ आकर खड़े हो जाएँ तो वे अपनी बेटी को नहीं पहचान पाएँगे। वे संशय में खड़े रहेंगे। सहेली के कपड़े उन्हें पहचाने से लगेंगे, पर कपड़ों को पहचान, किसी का चेहरा नहीं खोला जा सकता है। इस शहर की लड़कियों ने अपना चेहरा खो दिया है—जानबूझकर। वे उसे ढँककर निकलती हैं कि चेहरा ही सभी झंझटों की जड़ है।

वे दोनों—सहेली और उसका दोस्त, बगीचे को भूल चुके हैं और लड़की को भी कि जिसे सहेली अपना साहस बनाकर लाई है। यह सहेली का जीवन का पहला लड़का है, जिससे सहेली एकान्त रचकर मिल रही है—जगह बदल-बदलकर। वह अपने दोस्त से तीन बार अब तक मिल चुकी है। और लड़की तीन बार उसके पहरे पर रही है, जबकि उसे पता नहीं रहा है कि वह पहरे पर है। सहेली, अभी प्रेम की फुसफुसाहटों के भीतर तैर रही है। उसका तीन मुलाकातों पुराना दोस्त, उसके कानों में प्रेम फुसफुसा रहा है। कुछ इस तरह कि उसके होंठ सहेली के स्कार्फ से ढँके गाल को छू रहे हैं और स्मृति में सहेली का खुला हुआ चेहरा है—जिसे उसने देखा है, बिना स्कार्फ के कि उनके बीच स्कार्फ होते हुए भी नहीं है। उन दोनों की उपस्थिति एक-दूसरे से जुड़ी हुई है। दोस्त की बाईं जाँघ से सहेली की दाईं जाँघ सटी हुई है। दोस्त की बाईं बाँह, सहेली की कमर को घेरे हुए है और उसकी हथेली, थरथराता जादू ढूँढ़ने की कोशिश कर रही है—जिसे सहेली झटक रही है अभी कि जादू तक दोस्त की हथेली न पहुँच पाए। लेकिन बहुत देर तक सहेली, दोस्त की हथेली की इच्छा नहीं झटक पाएगी। कुछ ही देर में उसका मन हथेली की इच्छा को, अपनी देह के थरथराते जादू पर बुलाना चाहने लगेगा। नहीं चाहने और चाहने के बीच फँसे निर्णय, चाहने पर जाकर खत्म हो जाते हैं—आमतौर पर। कुछ ही क्षणों में दोस्त की बाईं हथेली के नीचे सहेली की देह का सबसे अधिक थरथराता जादू होगा—मीठे-मीठे दर्द में कुनमुनाता।

लड़की को लग रहा है कि वह गलत जगह फँस गई है। पिछले तीनों बार ऐसा ही हुआ है, पर वह सहेली को मना नहीं कर पा रही है। वे दोनों एक ही स्कूल में हैं—एक ही क्लास दसवीं में। वे नर्सरी से साथ-साथ हैं : बचपन से किशोर होने तक। लड़की को लग रहा है कि इस साल बोर्ड है और सहेली अपना समय

बर्बाद कर रही है—साथ-साथ उसका भी। यह चौथी बार है। बार-बार सहेली और उसका दोस्त अलग-अलग जगहों पर मिलते हैं। पहली बार, सिविल लाइन्स में अधिकारियों के बँगलों के सामने की सूनी सड़क पर। लड़का मोटर साइकिल पर बैठा था और सहेली अपनी स्कूटी के साथ उसे बिठा, लड़के की मोटर साइकिल के पास चली गई थी और मोटर साइकिल का हैंडल पकड़े, उससे बतियाती रही थी—देर तक। स्कूटी से मोटर साइकिल की दूरी इतनी थी कि वह कुछ नहीं सुन पाई थी। वे दोनों स्कूल की ड्रेस मे थीं—सुबह-सुबह। सहेली ने अपने दोस्त से मिलने का समय उसे और अपने को स्कूल के समय से पहले, घर से निकालकर, चुरा लिया था। सहेली और उसका दोस्त, हो सकता रोज वहीं मिलते, अगर पहले ही दिन, वह अधिकारी सुबह की सैर पर नहीं निकलता, जिसके बँगले के सामने की सड़क पर वे बतियाते खड़े थे और उनसे यह नहीं कहता कि क्या है, यहाँ क्यों खड़े हो? यह कहते हुए, अधिकारी की नजर, सिर्फ सहेली को देख न रही होती कि जैसे उसे अपने बँगले के भीतर ले जाकर बिस्तर पर पटक देना चाह रही हो...

दूसरी मुलाकात, सहेली और उसके दोस्त ने, कॉफी हाउस में की थी। वह अलबत्ता ठीक जगह थी। वहाँ की मेजें एक-दूसरे से ज्यादा मतलब नहीं रखती थीं और परिवार के बैठने के लिए, अलग खंड भी था—जिसके प्रवेश पर फेमिली लिखा हुआ था। वे फेमिली में बैठे थे : सहेली और उसका दोस्त मेज के आमने-सामने और लड़की, उन दोनों को देखती मेज के दूसरे छोर पर। यह कहें कि देखती और नहीं देखती—शरमाती-सी। उसे समझ में नहीं आ रहा था कि उन दोनों के साथ वह क्यों फेमिली खंड में है—एक मिथ्या परिवार का हिस्सा बनकर। पर कॉफी हाउस में लड़की, उन दोनों के इतने पास बैठी थी कि दोस्त को अपने बेबाकपन के बावजूद बोलने में संकोच हो रहा था और सहेली तो उसकी उपस्थिति के कारण, दोस्त से अधिक उस पर ध्यान देने लगी थी। वे जब वहाँ से उठे और लड़की थोड़ा आगे हो गई थी और सहेली और उसका दोस्त, साथ-साथ पीछे तो जैसे उन्हें सच्चा एकान्त मिला था और तब दोस्त ने, सहेली से कहा, ''तुम अकेली नहीं आ सकतीं?''

''नहीं?''

''तो मैं उसके लिए, अपने किसी दोस्त को ले आता हूँ...''

''वह इन सबके लिए तैयार नहीं है अभी...''

सहेली अपने दोस्त के साथ, प्रेम के एकान्त को सीख रही थी, पर उसका दोस्त उससे इतना बड़ा था कि कई एकान्तों से गुजर चुका था। वह जानता था

कि किसी लड़की के आसपास कैसे घेरा रचा जाए कि धीरे-धीरे, लड़की उस घेरे की इतनी अभ्यस्त हो जाए कि घेरे से बाहर जा ही न सके—जब तक वह न चाहे। दोस्त की चाह, लड़की की देह को अपने सुख की अन्तिम परिणति तक पहुँचाना था। यहाँ सुख होगा—दोनों के लिए, पर दोस्त के लिए, वह पाने का सुख होगा, पर सहेली के लिए, वह खोने का सुख होगा।

सहेली ने अपने दोस्त की बात, उसे इसीलिए बताई थी कि अगर वह तैयार हो जाती है तो जोड़ी बन जाएगी, क्योंकि सहेली को अभी लगता है कि वह अपराध कर रही है और लड़की पहरा दे रही है। सहेली को लगता है कि वह गन्दी लग रही है—उसके सामने कि लड़की ज्यादा साफ-सुथरी लग रही है। सच तो यह है कि सहेली के प्रस्ताव को सुन, एक क्षण लड़की को लगा था कि वह हाँ कह दे। देखे उस फल को चखकर, जिसमें स्वाद का इतना आकर्षण है कि सहेली कदम-कदम पर इसके लिए झूठ बोलने को तैयार है...दौड़ने के लिए तैयार है...उड़ने के लिए तैयार है...मरने के लिए तैयार है। पर वह हाँ नहीं कह पाई थी। कई बार जो चाहो, उसे नहीं कहने में ज्यादा खुशी होती है...

तीसरी मुलाकात में सहेली उसे लेकर नहीं गई थी। वह उन दोनों ने एकान्त में की थी—लड़के के घर पर। लड़का बी.ई. के तीसरे बरस में था और एक परिवार के घर की, छत पर बने एक कमरे में, किराए से रहता था। परिवार कहीं बाहर गया था तो छत पर चढ़ने की सीढ़ियाँ लड़के को सूनी-सूनी लगी थीं। उसने सहेली से कहा कि तुम अपने पदचापों से इन सूनी सीढ़ियों को जगा दो! सहेली अपनी माँ की पायल पहनकर, उन सीढ़ियों पर चढ़ी और सहेली की छम्-छम् से सीढ़ियाँ जाग गई और फिर छत जागी और फिर लड़के का कमरा...पर इस मुलाकात के बारे में, सहेली आधा-अधूरा ही बताती है, जिससे लड़की को यह लगता है कि सहेली ने अपने दोस्त के कमरे में, अपने को असुरक्षित पाया होगा। क्योंकि तीसरी मुलाकात के बाद, कई दिन गुजर गए थे और सहेली ने अपने दोस्त से मिलने की इच्छा नहीं दिखाई थी। वह जैसे उससे ऊब गई थी और अपने से भी। सहेली अपने दोस्त की बात करती थी, पर उसमें प्रेम और घृणा दोनों झलकती रहती। वह जैसे उससे दूर रहना चाह रही थी और पास रहना भी...

लड़की आज उनके साथ, इस बगीचे में आने के लिए बिलकुल तैयार नहीं थी। तीसरी मुलाकात वे अकेले कर चुके थे—अगली मुलाकातें भी वे अपने

एकान्तों में करेंगे—लड़की सोचने लगी थी कि आज सहेली का एस. एम. एस. आया : तैयार रहना उसी से मिलना है। एस. एम. एस. में रविवार की सुबह थी जो धीरे-धीरे बीत रही थी।

मैं नहीं, तू अकेली जा : लड़की का एस. एम. एस.।

नहीं जाएगी तो दोस्ती खत्म : सहेली का एस. एम. एस.।

मैं एक बजे आ रही हूँ तुझे लेने : सहेली का एस. एम. एस. था—फिर थोड़ी देर बाद। यह मानते हुए कि लड़की की चुप्पी उसकी हाँ है। एस. एम. एस. चुपके से आते हैं—बहुत कम आवाज के साथ, जैसे कोई रहस्य।

लड़की अपने मोबाइल को देखती बैठी रही—जिसमें सहेली के लिखे शब्द, नीली रोशनी के भीतर से झाँक रहे थे, जैसे गड्ढे में गिरे बिल्ली के नन्हे बच्चे हों। थोड़ी देर बाद, रोशनी बन्द हुई तो बिल्ली के बच्चे गायब हो गए।

लड़की की माँ रसोई में थीं। लड़की की ओर उनकी पीठ थी। उनसे थोड़ी ही दूरी पर, रसोई बनानेवाली बाई खड़ी थी—किचन प्लेटफॉर्म पर झुकी। माँ कड़ाही पर झुकी हुई थीं। लड़की को मालूम है कि बाई की तैयारी के बाद, माँ घर के लिए, सब्जी बनाती हैं—कम-से-कम रोज एक सब्जी। इससे घर में उनके हाथों का स्वाद बचा हुआ है—पति और बच्चों के मन में। लड़की ने अभी तक खाना बनाना नहीं सीखा है। माँ चाहती है कि वह बड़ी हो गई है और उसे खाना बनाना सीख लेना चाहिए। लड़की कहती है कि खाना बनाना सीखना जरूरी नहीं है...पढ़ना और कुछ बनना जरूरी है। पर माँ को रसोई में सब्जी पर झुके देख उसे अच्छा लगता है। लगता है कि उन सबके लिए यह माँ का प्रेम है जो अब बचा नहीं रह गया है—घरों में कि माँ-बाप दोनों अपने-अपने कामों में रहते हैं और घर किसी और काम करनेवालों के हाथों में रहता है। लड़की की माँ, घर के काम-काज पर रहती हैं और शायद इसीलिए घर इस तरह बचा हुआ है कि घर लग रहा है।

''मुझे रत्ना के साथ जाना होगा...'' उसने माँ के पीछे खड़े होकर कहा।

''कहाँ?'' माँ ने पूछा, जैसे उनकी पीठ ही बेटी से पूछ रही हो। वे अब भी कड़ाही पर झुकी हुई थीं और सब्जी पकने के ऐसे क्षण में थी कि उसे चलाते रहना जरूरी था, नहीं तो सब्जी जल जाती और स्वाद खो जाता...

''उसे कुछ काम है बाजार में...वह अकेले नहीं जाना चाह रही है...'' लड़की माँ की आँखों में देख, झूठ नहीं बोल पाती थी, उसे कठिनाई होती थी, वह जो कह रही थी, वह माँ की पीठ से कह रही थी।

''जल्दी आ जाना...खाने से पहले...रुक जा...खाकर जाना...बन ही गया

है...'' माँ ने कहा और रसोई में सब्जी की ऐसी खुशबू भर गई जो भूख की तेजी को जगाने में सक्षम थी।

''अभी समय है...वह एकाध घंटे में आएगी...'' लड़की ने अपनी माँ से कहा था। माँ को यह अच्छा लगा था कि बेटी खाना खाकर जाएगी...भूखी नहीं।

लड़की को अपनी माँ से झूठ बोलना, खराब लगता है। पर सहेली के लिए, आज उसने तीसरी बार झूठ बोला है। झूठ की नदी के किनारे ऐसे होते हैं कि एक बार पार करो तो वह और चौड़े हो जाते हैं...फिर दूसरी बार पार करो तो पहले से कुछ ज्यादा चौड़े...झूठ की नदी अपनी चौड़ाई बढ़ाती जाती है और हम उसे पार करते जाते हैं।

लड़की की गोद में पत्तियाँ और बढ़ गई हैं और सुनहरे गोल टुकड़े भी आसपास। लड़की का मन हुआ है कि वह उठे और सहेली और उसके दोस्त की बेंच के पीछे जाकर, झुरमुट में अपना सिर घुसा दे कि झुरमुट में अचानक उगे उसके सिर को देख वे चौंक जाएँ। या यहीं से सहेली को आवाज दे कि चलो, पर वह कुछ कर नहीं पा रही है और एक बेंच पर बैठी है—दुपहर के बगीचे में, एक दूसरी बेंच पर उपजे प्रेम के अन्त का इन्तजार करती।

लड़की पाम के घेरे के भीतर इस तरह है, जैसे घेरे के भीतर भय भरा हुआ है और वह उसमें डूब-उतरा रही है। उसने घेरे के बाहर ध्यान से, अब तक नहीं देखा है। वह बहुत से पेड़ों के बीच है, जिन्हें वह नहीं जानती है। बहुत से पेड़-पौधों का नाम उसने सुना है—कदम्ब, हरसिंगार, रातरानी...पर वह, उन्हें पहचान नहीं पाएगी—इस तरह कि कदम्ब को कदम्ब पहचान ले, हरसिंगार को हरसिंगार, रातरानी को रातरानी...कई बार पूरा जीवन निकल जाता है और हम बहुत से पेड़ों को नहीं पहचान पाते हैं—उनके नाम से, जबकि वे हमारे आसपास ही बने रहते हैं। क्योंकि पेड़ों को नहीं पहचानने से जीवन रुकता नहीं है—वह पेड़ों की अनुपस्थिति से रुकता है। मनुष्य के नहीं पहचानने पर भी पेड़, उसे छोड़कर भागते नहीं हैं। पेड़ मनुष्य के आसपास बने रहते हैं—मनुष्य की साँसों को सहेजते। यही बात चिड़ियों के साथ है। चिड़ियाँ लड़की के ऊपर अपने स्वर गिरा रही हैं, पर लड़की ने अब तक एक भी चिड़िया को ध्यान से देखा नहीं है—इसके बावजूद कि बगीचे की दुपहर में बची सारी चिड़ियाँ पाम के वृक्षों के वृत्त पर सिमट आई हैं। उस एक अकेली लड़की को देखने, जो अपने पहने रंग

के साथ, बिलकुल अकेली है—कोई और बाहरी रंग उसके रंग में गड्डमड्ड नहीं है। चिड़ियाँ ऐसी लड़की को अपने पंखों के रंग देना चाहती हैं, पर लड़की है कि उसका ध्यान चिड़ियों पर, अब तक गया नहीं है...

दुपहर के बगीचे में, लड़की की बाईं ओर थोड़ी ही दूरी पर, लोहे का हाथी खड़ा है—पीला रंगा। लड़की ने अभी-अभी उसे देखा है और सोच रही है कि उस तक जाए या न जाए, या बैठी रहे यहीं बैंच पर। चिड़ियाँ जिन्हें लड़की ने अब तक देखा नहीं है, यह सोच रही हैं कि लड़की वहाँ जरूर जाएँ जहाँ लोहे का पीला हाथी खड़ा है। तभी लड़की ने सोचा कि हाथी को अगर पीला नहीं रँगते तो लोहे का रंग, हाथी के रंग से कितना मिलता-जुलता लगता...और वह बैंच से उठ गई। हाथी का सूँड़ फिसलपट्टी है। दो और फिसलपट्टियाँ हैं—हाथी के आसपास। एक ऊँची और लम्बी है। दूसरी, गोल सीढ़ियों की तरह लहरदार। एक तेजी से नीचे गिराती है बच्चों को। दूसरी लहराकर, ऊपर से नीचे लाती है। इन तीन फिसलपट्टियों से थोड़ी ही दूरी पर, दो झूले हैं—एक साथ, लोहे के मोटे पाइप पर लटके जो हवा में इस तरह काँप रहे हैं कि अभी-अभी बच्चे उन पर से उठकर गए हों। झूले बच्चों के इतने आदी हो गए हैं कि उनके बैठे नहीं रहने पर भी, बच्चों के बैठे रहने के एहसास पर रहते हैं... और एक गोल चक्कर है और एक वह खेल है जो पाटे के दो छोरों पर बच्चों को अलग-अलग बिठाकर, एक बच्चे को ऊपर और एक को नीचे कर देता है : हमेशा। सब खेल चटक पीले रंग से, रँगे हुए हैं। सब बगीचे की दुपहर में गरम हैं। सब, धीरे-धीरे ठंडा होने की कोशिश कर रहे हैं कि शाम की छोर पकड़ जब बच्चे आएँ बगीचे में तो वे इतने ठंडे हो जाएँ कि बच्चों को यह न लगे कि वे गरम भी होते हैं।

उधर जाने पर, पीले हाथी से पहले, लड़की को झूला मिला। लड़की ने झूले की साँकल को छुआ, जिसमें पीला रंग बच्चों की हथेलियों के बार-बार स्पर्श से, नहीं-सा बचा है। साँकल गर्म है। लड़की ने अपनी दोनों हथेलियों से झूले की साँकल को कसकर पकड़ लिया। साँकल का ताप हथेलियाँ सोख रही हैं। हथेलियाँ लोहे से, सुख सोख रही हैं। लड़की की हथेलियाँ इतनी नाजुक और गुलाबी हैं कि साँकलों को ध्यान में रखना पड़ रहा है कि उनका लोहा अपने ताप से, लड़की की हथेलियों पर छाले न डाल दे...

तभी लड़की ने देखा कि सहेली और उसके दोस्त की लाल और सफेद टी-शर्ट, यहाँ से साफ-साफ हिलती-डुलती दिख रही है—गड्डमड्ड। ठीक उनके दूसरी ओर फिरोजी और नीला रंग, ठीक उसी तरह हिल-डुल रहा है। लड़की ने सोचा कि दुपहर का बगीचा क्या ऐसे ही हिलते-डुलते रंगों से भरा हुआ है?

दूर-दूर, छिटके-छिटके, पर पूरे बगीचे में, यहाँ-वहाँ पड़े, दो-दो रंग।

लड़की की हथेलियाँ गरम हो गई हैं। वह झूले पर बैठ गई है। अब साँकलों के नए हिस्से पर, दाएँ की जगह बाईं और बाईं की जगह दाईं हथेली है—साँकलों का ताप सोखतीं। लड़की ने अपने दाहिने पैर से अपनी देह को पीछे किया और झूला उसे लेकर धीरे से आगे तैर गया। रंगों के जोड़े, अब उसकी पीठ के पीछे है, क्योंकि बच्चों के खेलने का यह हिस्सा, बगीचे के एक कोने में है—पेड़ों के घेरे के बाहर, लतरों के घेरे में।

लड़की, जब झूलते-झूलते ऊब गई तो वह पीले हाथी की ओर बढ़ी—जिसे उसने सबसे पहले देखा था। जिसने उसे सबसे पहले खींचा था—अपनी ओर, जब वह बेंच पर बैठी थी। वह गरम हाथी पर चढ़ी और उसके सूँड ने फिसलाकर उसे धरती पर ला दिया। सूँड के नीचे, रेतीला गड्ढा था जो बच्चों के बार-बार गिरने से गहराता जा रहा था। वह फिर गरम हाथी पर चढ़ी और सूँड ने फिसलाकर उसे फिर धरती पर ला दिया। वह हाथी पर चढ़ती रही और हाथी की सूँड, उसे फिसलाती रही...पता नहीं कब तक...लड़की भूल गई, दुपहर के बगीचे में कि वह दसवीं में पढ़ती है कि वह अकेली नहीं है, वह सब भूलकर छह बरस की बच्ची में बदल गई है। उसके बार-बार फिसलने से जब लोहे का हाथी थक गया उसे फिसला-फिसला कर तो लड़की गोल लहरदार फिसलपट्टी पर चढ़ी और थोड़ी देर में लहराकर धरती पर आ गई। उसका स्कार्फ से ढँका चेहरा, स्कार्फ के ऊपर खुशी छलका रहा है। स्कार्फ लड़की की खुशी से भीगने लगा है। वह कई बार चढ़ी लहरदार फिसलपट्टी पर और लहराकर बार-बार धरती पर आई। फिर वह दौड़कर, सीधी और ऊँची फिसलपट्टी पर चढ़ी और उसकी देह साँय के भीतर से होकर धरती पर आ गई। वह बार-बार चढ़ी सीधी और ऊँची फिसलपट्टी पर और बार-बार साँय के भीतर गई। दुपहर का बगीचा एक बड़ी-सी दीखती बच्ची को, अपने भीतर खेलते देख रहा है...

लड़की भूल गई कि वह सहेली के पहरे पर है। वह सहेली का साहस है—यह भूल गई। वह छह बरस की बच्ची है और उसे बरसों बाद खेलने की जगह मिली है—पेड़ों से घिरी और पक्षियों की चहचहाहट से भरी। लड़की ने अभी-अभी अपने दाहिने पैर से गोल चक्कर को घुमाया है और उचककर उस पर चढ़ गई है। वह गोल-गोल घूम रही है। चक्कर में धीमे पड़ने से पहले उसकी दाहिनी टाँग नीचे आती है और लड़की झुकती है और जींस और पुलोवर के बीच से उसकी गोरी-सी कमर झाँकती है—रोओंवाली और चक्कर तेज घूमने लगता है...चक्कर गोल-गोल घूम रहा है...लड़की गोल-गोल घूम रही है...हाथी गोल-गोल घूम रहा है...

फिसलपट्टियाँ गोल-गोल घूम रही हैं...रंगों के जोड़े, गोल-गोल घूम रहे हैं...दुपहर का बगीचा गोल-गोल घूम रहा है।

लड़की को जब लगा कि वह चक्कर खाकर गिर पड़ेगी तो उसने बहुत कोशिश कर अपने दाहिने पैर को लगभग जमीन पर घसीटते हुए गोल चक्कर के घूमने को रोका। उसके लाल जूते अब तक, धूल से सन चुके हैं। वह हाँफ रही है और चक्कर पर ही बैठी अपने घूमते सिर के रुकने का इन्तजार कर रही है। दुपहर के बगीचे में, चिड़ियों का सिर गोल-गोल घूम रहा है—लड़की के सिर के साथ-साथ और अभी सारी चिड़ियाँ अपने घूमते सिरों के साथ हैं—उनके रुकने का इन्तजार करतीं।

लड़की गोल चक्कर से उठी है तो थोड़ा लड़खड़ाई है—तीन-चार कदम उसे सम्हलने में लगे हैं, फिर वह सामान्य हुई है। पहले वह अपने-आप पर मुस्कुराई। फिर उसने देखा झूले और फिसलपट्टियों की ओर, जैसे उन सबको लड़की का जाना बुरा लग रहा है और यह कहना जरूरी है, चाहे आँखों से ही सही कि वह फिर आएगी उनके पास।

लड़की खेल के घेरे से थोड़ा ही बाहर आई है कि उसने देखा कि सहेली और उसका दोस्त, जिस बैंच पर बैठे थे वहाँ अब उनके रंग नहीं हैं। झुरमुट से, बैंच की लकड़ी की पट्टियों के साथ, हवा झाँक रही है, बस। सहेली का लाल और उसके दोस्त का सफेद रंग गायब है।

लड़की तेजी से उधर बढ़ी। वे इस तरह उसे अकेले छोड़कर नहीं जा सकते—उसने सोचा। क्या खेलते हुए, वह सच में छह बरस की बच्ची में बदल गई थी और सहेली और उसका दोस्त उसे ढूँढ़ते रहे और बच्ची में बदल जाने के कारण, उसे पहचान नहीं पाए और वापस चले गए...? वह वहाँ पहुँची—उनकी बैंच पर। वहाँ सहेली के बैठने की जगह पर, जसवंत के फूलों का ढेर पड़ा हुआ दिखा। दोस्त की जगह पर दूधमोंगरा के फूल थे। दोनों फूलों के ढेर—एक-दूसरे से सटे-सटे पड़े थे। आसपास कहीं जसवंत और दूधमोंगरा के पेड़ नहीं हैं...यह फूल कहाँ से आए हैं...उसने अपनी सहेली को पुकारा—रत्ना...रत्ना! उसकी आवाज को पेड़ों ने सोख लिया। उसकी आवाज को चिड़ियों ने चहचहाहट में बदल दिया। वह चिल्लाई फिर रत्ना...रत्ना। फिरोजी और नीले रंगों ने उसे चौंककर देखा—लड़की ने उनका एकान्त भंग कर दिया है...

दुपहर के बगीचे की चिड़ियाँ, बहुत जोर-जोर से चहचहा रही हैं अभी। वे सब लड़की को कुछ बताना चाह रही हैं। पर लड़की का ध्यान चिड़ियों की ओर नहीं है...लड़की बगीचे की दुपहर में एक-एक झुरमुट को टटोल रही है—अपनी

आँखों से...उसने बहुत से रंगों के एकान्त को भंग किया, पर सहेली और उसका दोस्त कहीं नहीं दिखे...

लड़की थककर वापस पाम के पेड़ों के घेरे के भीतर आ गई—अपनी बैंच पर जो दुपहर के बगीचे में, अभी सिर्फ उसकी बैंच है, जब तक उस पर आकर कोई और बैठ नहीं जाता है। लड़की का सिर झुका हुआ है। वह सोच रही है कुछ। पेड़ और चिड़ियाँ सोचती लड़की को देख रही हैं। वह बहुत देर से बैठी है—लगभग आधा घंटा हो गया है, पर उसकी सहेली और उसका दोस्त अब तक नहीं लौटे हैं—न उसकी बैंच पर, न अपनी बैंच पर। वह बार-बार पलटकर देख रही है, उस बैंच की ओर, जहाँ अब जसवंत और दूधमोंगरा के फूलों के दो ढेर बैठे हुए हैं...

कारीगर के हाथ तथा अन्य छोटी कहानियाँ

कारीगर के हाथ

कारीगर सुबह अपना काम शुरू करता है और धीरे-धीरे चुकने लगती हैं उनकी हथेलियाँ। हथेलियाँ शाम तक पूरी तरह चुक जाती हैं--जैसे चुकती है बर्फ। पर सुबह जब उठता है तो पाता है कि उग आई हैं हथेलियाँ–जैसे ठूँठ पर कोंपल। अजीब बात है! पर सच है!

गिरने की आवाज

वह दीवारों को छूता तो दीवारें खिल उठतीं। वह किसी बड़े मकड़े की तरह इमारतों की दीवारों पर रेंगता। उसे दीवारों को चमकाना अच्छा लगता था। उसे रंग अच्छे लगते थे। एक दिन वह इमारत की तीसरी मंजिल पर रंग चढ़ा रहा था और अचानक उसे लगा कि वह मनुष्य है, मकड़ा नहीं है। उसने यह सोचा और तीसरी मंजिल की अधरंगी दीवार उससे दूर होती गई। वह तीसरी मंजिल से पृथ्वी पर गिरा, पर किसी को पता नहीं चला। उसके गिरने की कोई आवाज नहीं थी, जबकि ठीक उसी समय सेब के वृक्ष से एक सड़ा हुआ सेब गिरा और उसके गिरने की आवाज हुई।

खंडहर का देखना

वह बहुत अच्छा घड़ीसाज है। उसके स्पर्श से समय बहता है। वह घड़ी को छूता है और समय नदी हो जाता है...समय झरना हो जाता है...पर एक घड़ी, वह आज तक ठीक नहीं कर पाया है : घर की घड़ी। बरसों हो गए हैं। अब घड़ीसाज बूढ़ा हो चुका है। घड़ी भी जर्जर है। दोनों एक-दूसरे को देखते हैं—जैसे एक खंडहर दूसरे खंडहर को देखता है।

मृत लड़के के आसपास की भीड़

लड़के की साइकिल टूटी पड़ी थी। लड़का सड़क पर बिछा हुआ था। उसके सिर के पास खून का थक्का था। वह मर चुका था। ट्रक का पहिया, जिसने उसे कुचला था—गायब था। सड़क के दोनों किनारों पर लोगों की भीड़ थी। भीड़ का चेहरा पत्थर का था। यह कहना मुश्किल था कि भीड़ लड़के के लिए दुखी है और यह भी कि वह खुश है।

अगर अभी अचानक वह लड़का उठकर खड़ा हो जाए और अपने कपड़ों की धूल झाड़ते हुए मुस्कुराए...और सड़क पर पड़े खून की ओर देखकर कहे कि यह तो बस रंग है लाल।

...तो क्या होगा?

यह कि पृथ्वी को एक मुस्कान वापस मिल जाएगी जो थोड़ी देर पहले खो चुकी थी और शायद फिर जगमगाती रहेगी, पृथ्वी पर बरसों तक।

और यह भी कि सड़क के दोनों किनारों पर खड़ी भीड़, लड़के को जीवित होता देख, कमर तक धँस जाएगी धरती पर और कँटीली झाड़ियों में बदल जाएगी।

और शायद यह भी कि किनारे पर खड़ी भीड़—बीच सड़क पर आ जाएगी। भीड़ नाचेगी-गाएगी। भीड़ लड़के की जीवित होने का उत्सव मनाएगी।

स्कूल जाना सोचती लड़कियाँ

लड़कियाँ सड़क के किनारे खड़ी थीं—उनके पैर नंगे थे और धूल से ढँके थे। लड़कियों ने नीचे के ऊपर सफेद रंग पहन रखा था। नीला रंग, मैला नीला और सफेद रंग, मैला सफेद था। लड़कियों के सिर पर दो चोटियाँ और चोटियों पर फीते से लाल फूल थे। चोटियाँ उनकी पीठ पर बस्ते के नीचे दबी हुई थीं। बस्ते में पुस्तक-कॉपियाँ थीं, पर किस कक्षा की थीं—कहना मुश्किल था। हो सकता है, एक बस्ते में कई कक्षाएँ हों।

सड़क के उस पार स्कूल था और लड़कियाँ, सड़क के इस पार से उस पार जाने की कोशिश कर रही थीं। सड़क पर लगातार मोटर-गाड़ियाँ और ट्रकें दौड़ रही थीं और लड़कियाँ सहमी खड़ी थीं।

सड़क अचानक खाली हुई तो लड़कियाँ दौड़ पड़ीं—उस पार। और पहुँचकर मुस्कुराईं। पर मुस्कुराहट थोड़ी देर बाद बुझ गई कि अब स्कूल उस पार नहीं था। लड़कियाँ, फिर पलटकर, सड़क के किनारे खड़ी हो गईं। स्कूल अब सड़क के उस किनारे चला गया था—जहाँ से लड़कियाँ अभी-अभी आई थीं।

मुझे मालूम है कि आपको इस कथा पर विश्वास नहीं होगा, जिसमें स्कूल, ड़क के इस पार से उस पार और उस पार से इस पार नाचता हुआ है। पर अगर ड़कियों को ध्यान से देखें तो आप विश्वास करने लगेंगे कि इन लड़कियों से चने के लिए स्कूल, सड़क के इस पार से उस पार और उस पार से इस पार ता-जाता है।

पहरे पर सन्तरी

सन्तरी पहरे पर था। उसकी बन्दूक पहरे पर थी। वह पहरे पर इसलिए था कि उसे पहरे पर होने का वेतन मिलता है।

सन्तरी जिसके पहरे पर था, वह चीज उसकी पीठ के पीछे थी और इस तरह वह अपनी पीठ के पीछे की चीज के लिए जवाबदेह था। सन्तरी अपने सामने की बस उस चीज को देख पाता था तो उसकी पीठ के पीछे की चीज के लिए खतरा हो सकती थी। उसकी बन्दूक को देखना और उसका देखना एक जैसा था।

एक दिन सन्तरी के सामने बलात्कार हुआ। अँधेरा...तीन चमकते लड़के.. .कार...एक बुझी हुई लड़की...और सन्तरी को वह नहीं दिखा क्योंकि उसकी पीठ के पीछे की चीज को उस बलात्कार से कोई खतरा नहीं था।

एक दिन एक लड़का सन्तरी के पैरों को और उसकी बन्दूक को झकझोरता रहा कि उसे बचा लें। पर सन्तरी और बन्दूक, दोनों को वह नहीं हिला पाया और मारा गया। चार गुंडों ने उसे सन्तरी की आँखों के सामने काट डाला। वह गरीब पावभाजी बेचनेवाला लड़का था। उसका दोष सिर्फ इतना था कि अपने ठेले में पावभाजी खाती लड़कियों से छेड़छाड़ करते गुंडों का उसने विरोध किया। और उसने अपनी जान दे दी थी। किसी स्त्री से बलात्कार के खिलाफ वह लड़का जान से बड़ी कोई चीज दे सकता था।

सन्तरी अपना काम कायदे से करता है। उसकी पीठ के पीछे की चीज सुरक्षित है। वह बहुत कर्तव्यनिष्ठ सन्तरी है। पर वह आदमी नहीं है। वह रोबोट है।

पर्वत और मनुष्य

मनुष्य, पर्वत को देख रहा था और पर्वत मनुष्य को। पर्वत ने नहीं बुलाया था—मनुष्य को। वह नहीं चाहता था कि मनुष्य उसकी चोटी पर हो।

मनुष्य, पर्वत को देखते-देखते जब ऊब गया तो उसने उस पर चढ़ने की यात्रा शुरू की। पर्वत ने कोशिश की, कि वह खिसक जाए अपनी जगह से और मनुष्य के चढ़ने से बच जाए, पर पर्वत के पास खिसकना नहीं था। मनुष्य के पास चढ़ना था और मनुष्य ने पर्वत चढ़ा और आखिर उसे जीत लिया।

पर्वत के शीर्ष पर खड़े मनुष्य को पहली बार लगा कि पर्वत को उसकी जगह से खिसकाया जा सकता है।

खिड़की पर चेहरा

सुनसान-सी लम्बी और ऊँची सफेद दीवार है। लम्बी इतनी कि दृष्टि
है। ऊँची इतनी कि दृष्टि के भीतर है। दीवार में सिर्फ एक खिड़की
खिड़की पर बच्चे का चेहरा है : खुश चेहरा कि जैसे सूरजमुखी का एव
है। सूरजमुखी के बड़े फूल से, सूरजमुखी के छोटे फूल झड़ रहे हैं 3
के नीचे फूलों का एक बड़ा ढेर लगा हुआ है।

बरसों बाद : वही दीवार—सुनसान-सी लम्बी और ऊँची। दृ
लम्बी और दृष्टि के भीतर ऊँची। दीवार काली पड़ चुकी है—रंग सपे
झाँकता हुआ-सा है। दीवार पर अब भी सिर्फ एक खिड़की है—वही
एक बूढ़ा चेहरा है—झुर्रीदार। दुख और थकान से पकी झुर्रियाँ बुदबु
बुदबुदाहट झर रही है—जैसे तेजाब। खिड़की के नीचे सूरजमुखी के
रहे हैं।

महानगर और आदमी

आदमी, महानगर में था—जहाँ देह से हवा नहीं, भीड़ टकराती थीं। आदमी भीड़ को चीरता आगे बढ़ता गया। रास्ते में अट्टालिकाएँ आईं और आदमी ने उसकी ऊँचाइयाँ लाँघी। समुद्र आया तो गहराई मापी। महानगर को, उसको पूरे विस्तार में टटोलता और उमस और थकान से भरे एक जैसे मौसम को सहता—वह आगे बढ़ता रहा।

बहुत दूर आने के बाद उसे पता चला कि उसका चेहरा उसके पास नहीं है। चेहरा पीछे कहीं गिर गया था।

आदमी लौटा अपना चेहरा खोजने।

बहुत कोशिशों के बाद चेहरा मिला। एक उपनगरीय रेलवे-स्टेशन पर, यात्रियों की भीड़ के गुजर जाने के बाद, आदमी को अपना चेहरा, प्लेटफॉर्म की चमकीली सतह पर पड़ा मिला, पर वह इस तरह कुचला हुआ था कि आदमी, अपने कान की बाली से पंहचान पाया कि यह उसका चेहरा है।

आदमी कभी अपने घर नहीं लौट पाया।

●●●